さよなら、ステラ

Poupées

エレオノール・プリア
Éléonore Pourriat

小野和香子 訳

ASTRA HOUSE

さよなら、　ステラ

装幀：白畠かおり　装画：日端奈奈子

友へ

《解決できない謎は胸に刺さったままの棘である》

——ジョイス・キャロル・オーツ

《人が最大の力をふるうのは、一緒にいられたかもしれないのに、別離し、対立するときだ》

——「レ・ファム・ソンテット」より、カティの言葉

ジョイ

母が出ていったのは、わたしが八歳のときだ。一九七九年のある朝、わたしは学校に行く時間になって、母がパパとわたしを置いていなくなったと知った。恋人のあとを追ってインドに行った母から、半年の間で六枚のポストカードが届いた。だが、それきり何の連絡もなかった。幼かったわたしは、いつかまた母に会えるものと信じて育った。インドでヨガのアシュラム巡りを終えたら、母が戻ってくるものだと思いこんでいた。そうして、十三歳の誕生日を迎えた晩のことだ。その日、パパから「穴あきのデニム以外のものに着替えてほしい」と頼まれると、わたしは〈ブラッスリー・モラール〉に連れていかれた。アール・ヌーヴォー風のきらきらした豪華な内装の店のなかには、パリッとしたクロスがかかったテーブルがいくつも並んでいた。席に着くと、パパはわたしにテキーラサンライズを、自分にはウイスキーのロックを注文した。

それから、この先もわたしとふたりきりの日々がつづくと告げた。インドのポンディシェリから悪い知らせが届いたのだという。ミレーナが死んだ――パパはそう言うと、説明のつもりなのか、母の心臓が止まったとつけ加えた。

わたしは必死でパパに食いさがった。

「心臓が止まったって……。死ぬって、そういうことじゃないの？」

するとパパは、母がヘロインを過剰摂取したのだと明かした。だが、それだけ言うと、わたしにいきなり誕生日プレゼントを手渡した――ウォークマンの最新モデルだった。

そこまでは覚えているものの、その先の記憶は混乱している。母の埋葬については何も覚えていない。でも、お葬式は行われたはずだ。というのも、翌年になってモンパルナスの墓地に花を捧げにいったとき、わたしは紫色の〈菊〉を選んだ。つまり母が死んだと理解していたのだろう。わたしは悲しみと恨みがないまぜになったまま、ぼんやりとした影に包まれた日々から抜けだせなかった。それでも十一月一日〔フランスでは一日が「諸聖人の日」の休日、翌二日が「死者の日」。休日の十一月一日に菊の花を手にして墓参りをする習慣がある〕が来るたび、〈死者の花〉を抱えて墓地に向かった。子どもというのはすぐに忘れてしまうから大丈夫だと、パパはわたしを慰めた。そうやって成長していくものだと繰りかえした。おそらくわたしの知らないうちに、未来に向けての舵は切られていたのだろう。過去の思い出のなかに引きこもっていたところで、何の助けにもならなかったのだから。

わたしの思春期はそんなふうにして始まった。ただ最初の部分は、ぼんやりと霞んではっきりしない。一日が過ぎるたび、それまでの日々と一緒に記憶のなかに埋もれていった。過ぎた日々に境はなく、何の痕跡も見つけられそうになかった——たとえ前日に戻ったとしても、わたしはそれすら気づかなかっただろう。

中学校《コレージュ》でのわたしは、出来の悪い生徒でもなければ、とりたてて優秀なわけでもなかった。ほかの同級生と親しくなろうともせず、自分のウォークマンで、わたしのアイドル——デヴィッド・ロバート・ジョーンズ（またの名はデヴィッド・ボウイだ）の曲を繰りかえし聞き、読書をした。といっても、そのほとんどの時間は空想にふけっていた。何かを考えるきっかけや、考え方を進める方法を探していたのだろう。さまざまなイメージが頭のなかに集まりはじめていたとはいえ、まだ思考とは呼べないような宙ぶらりんな状態だった。あの頃のわたしはそうした時間を持つことで、現実の世界が投げつけてくる情報を消化し、吸収しようとしていたのだろうか？　あるいは逆に、思考の断片を積みあげて、現実の世界と自分を隔てるための衝立のようなものを作ろうとしていたのだろうか？　いずれにせよ、わたしは活発でもなければ、友だちが多いタイプでもなかった。それに、まだまだ子どもだった。夏には、海岸沿いにある祖母の家の前で、岩礁が海面すれすれに姿を見せるのをじっと観察した。まるまる一時間眺めていても平気だった。父方の祖母のドッティはアメリカ人で、ロングアイランドの北部にある港町、グリーンポートに住んでいた。夏休みになるたび、わたしはパリを離れて祖母のドッティのもとで休暇《ヴァカンス》を過ごした。ただ、パパがいつやって来るかは決まっていなかった。わたしはパパを待つのをやめようとして、一日の流れとともに変化していく海の色を眺めて過ごした。そうすることで時間が経つのを忘れた。そんなとき、ふっと、わたしの心に言葉が浮かぶ――さざなみ、きらめき、タマキビ貝――時に、それらがひとつづきのフレーズとなって、あの謎っぽい、デヴィッド・ボウイの歌詞の響き――ch-ch-ch-ch-changes《チ、チ、チ、チ、チェンジス》と重なりあう。だが、その楽しみも束の間、泡のようにすべて跡形もなく波間に消えてしまうと、ただ静かな海が戻ってきた。

　そんなわたしを見かねてか、隣人夫婦の娘のエイミーが時おり声をかけてきた。仲間と一緒にボーリングや釣りに行こうと誘ってくれたが、そのたび、わたしは誘いを断った。祖母と親しくしている両親に言われてやって来たのだと思うと嫌な気持ちがしたからだ。エイミーはひょろ長くて痩せっぽちの少女とはいえ、わたしより三つ年上だった。親切だったけれど、本気でわたしみたいな子どもの相手をしたいと思うだろうか？　それにエイミーだって、しつこく誘ってはこなかった。

「来たかったら、おいで。どこにいるか、わかってるよね」

　いつもそう言い残して、出かけていった。

　それでも時々、エイミーはわたしのためにキャンディーだとか本などのちょっとした差し入れをしてくれた。わたしは自分がエイミーの同情心を引いているのだとわかっていた。何故ならエイミーにとって、わたしは母親を亡くして可哀そうな、小さな女の子だったからだ。

わたしの夏の二カ月はまるで無重力状態にいるみたいに過ぎていった。地元に暮らす人々のざわめき、ロングアイランド訛《なま》り、祖母が話す典型的ニューヨーカーの抑揚《イントネーション》――そうした音の波間にただよいながら、わたしはふわふわと現実味のない日々をグリーンポートで過ごした。夏が終わればフランスに帰る。パリでの暮らし、パパとふたりの生活、中学校《コレージュ》での日々が始まる――まったく違う調べの世界に再会する。そして高校《リセ》に入学すると、わたしの人生はすっかり変わった――とうとう、わたしの身にも幸運が舞い下りた。

⚡

君はとびきり美しい星――《The Pretty Star《プリティエスト・スター》》――わたしのお気に入りの曲のなかで、デヴィッド・ボウイが歌う。天空で最も光り輝く星だと。わたしがその星に目を奪われたのは、一九八六年の九月、高校《リセ》の入学式の日のことだ。知り合いなど誰ひとりいない、パリにある校舎の前だった。その姿を目にした瞬間、自分と同じ新入生の集団が霞んで見えた。互いの磁極が引き合うと、たちまちわたしたちは強い力で結びついた。

「あたしはステラ。不満そうだね」

「ジョイよ。どうしてわかるの」

わたしは中学校《コレージュ》の最終学年まで、家の近くの公立学校に通っていた。だが高校《リセ》を選ぶときになって、パパが勝手にわたしをバカロレア受験対策の私立高校に放りこもうとした。わたしが試験に失敗して、道を踏みはずさないようにと思ったらしい。まだ一度もバカロレアに落ちてなんかいないのに——でも、結局パパの言う通り、わたしはその学校に入学した。そして入学式の日、新入生のわたしは二年生のステラに出会った。言葉を交わしてすぐに、わたしと同じようにステラがデヴィッド・ボウイを崇拝しているとわかった。するとステラが、前の年の一九八五年にボウイがお兄さんを統合失調症で亡くしている話を教えてくれた。

わたしたちは髪の色や髪型、背の高さや体つきまでそっくりだった。前髪を切り揃え、茶色っぽい三つ編みのおさげ髪を背中に垂らしていた。年の差はひとつ。「アジア系なの?」と周囲からよく聞かれた。ステラもそうだった。だが、周りはその質問をしたあと、当然のようにわたしたちを姉妹だと思った。こちらが、ボウイの曲へのオマージュのつもりで、自ら〈チャイナ・ガールズ〉と名乗っていたのもあるだろう。ただ最初に出会ったときから、ステラのなかにはわたしに欠けているものがあると感じていた。

本当にわたしたちは仲が良かった。そしてよく手紙を書いた。休み時間になるたび、あるいは校舎の玄関ホールを通るときや、お昼にカフェや公園に立ち寄るタイミングを見計らって、手紙を交換し合った。それもなるべくカラフルなペンを使って書いた。手渡しするだけでは飽き足らず、ポストにも投函した。どれほどのカードや、ノート、メモに言葉を書きとめたかわからない。さらに言えば、ステラが何かを書いたのは紙の上だけじゃなかった。あらゆる場所だ。これはきちんと言っておかなくては――ステラにとって、その手はちょっとしたメモ代わり、その腕はカンニングペーパーだった。時おり、ステラのセーターの袖がたくし上げられたままになっていると、腕に書いてある文字やら数字やらが目に入った。ステラが言うには、朝方に見た夢を腕に走り書きしたものらしいが、そのなかには歴史の授業で習う年号の数字が紛れていた。すると文字の書かれた腕に興味を持ったクラスメートたちが、ステラの周りに群がってくる。何が書かれているのか解明しようと顔を近づける――ステラの表情を読みとりながら、腕のメモに目を凝らす。そんなふうにステラはいつも人目を引いた。

　わたしはすぐにステラの暮らしを知った。住まいがあるのは、パリ十四区の〈ヴィラ・アドリエンヌ〉――周囲を小道に囲まれた中庭《パサージュ》のような場所だった。敷地のなかに入ると、樹木の茂った庭が並木道のように奥に向かって延び、その空間を囲むように建物がたち並んでいる。こんな素晴らしい雰囲気の場所がパリにあるなんて、わたしはまったく知らなかった。その一角にあるステラの家では、ゾーイと名付けられた犬を飼っていた。家のなかでゾーイがうるさく吠えるときは、散歩に連れだすのを口実にして、ステラと一緒に外に出かけた。ステラの母親のドミノはエレガントで愛情あふれる女性だった。ゲランの〈シャリマー〉の香りをまとい、足元はいつも素足だった。ドミノにはステラが生まれる前に、束の間の恋の相手との間にできた子どもがいた。父親違いのステラの兄でロックといった。ロックはステラよりいくつか年上で、時々〈ヴィラ・アドリエンヌ〉の家にやって来たが、わたしはロックと顔を合わせるとなんだか気後れした。きっとロックがハンサムで自信たっぷりに見えたからだろう。実際、ロックは職にも就いていたし、婚約者もいた。つまり、その年齢ですでに自分の人生をスタートさせていた。けれどステラから見れば、あまりに模範的な——敷かれたレール通りの生き方に思えたらしい。そうした道を選んだロックにがっかりしているようだった。

ステラは自分から父親の話をしなかったし、ほとんど会ってもいないようだった。ラオス人だと教えてくれたものの、あとは一切口をつぐんだ。父親が母親のドミノと別れて、それぞれ別の人生を歩むと決まったとき、どちらについていくのかを決めたのだと思う。多かれ少なかれ、ステラの意志も反映されたはずだろう。もちろん、わたしには知る由もないけれど——いずれにせよ、ステラは母親のドミノと生きていく道を選んだ。そしてラジオ局での仕事や、雑誌の文化欄の原稿書きをするドミノと一緒に、〈ヴィラ・アドリエンヌ〉の家で暮らしていた。ふたりが暮らす家の持ち主は、ジャーナリストをしているドミノの男友だちだった。莫大な遺産を引きついだという話だったが、根城《ねじろ》にしていた屋根裏部屋には時々帰ってくる程度だった。あの人はドミノの恋人だったのだろうか？　どうだかはっきりしない。家に戻ってきたかと思うと、また出かけていき、数週間見かけないこともあったし、よく旅もしていた。時おり、月刊誌の『アクチュエル』〔野心的な現地ルポルタージュや社会問題を扱った扇動的な雑誌として、一九八〇年代の最盛期には発行部数四十万部に届くほどの勢いがあった雑誌。一九九四年に廃刊。ゴンゾー・ジャーナリズムを世に知らしめたとも言われている〕に寄稿していたようで、最新号の雑誌を見せてくれた。わたしたちはすぐに雑誌に飛びつくと、そのルポルタージュの記事を読みふけった。あの人の本名は何といっただろう——今となっては記憶がどこかに行ってしまったが、確かゴンザクとかそんな名前だったはずだ。でも、誰もが〈ゴンゾー〉と呼んでいた。呼び名のもとになっているのは、その人が実践していたジャーナリズムの手法だった。多くのジャーナリストが実践する客観的な記述とは反対の立場を取った、ある第一人者の著述スタイル――〈ゴンゾー・ジャーナリズム〔ハンター・S・トンプソンが生みの親とされる、主観的な記述を特徴とするジャーナリズムのスタイルのひとつ〕〉に由来していると、本人が説明してくれた。その支持表明であるかのように、家の玄関の扉には赤と緑の丸いシンボルマークが大きく掲げられていた――赤く塗られた両の拳で、小さな緑のサボテンを包みこむようなデザインだった。

　わたしはステラが暮らす場所に出入りする、芸術家や、作家、知識人といった人々に魅了された。わたしが普段接する大人といえば、祖母とパパくらいのものだった。あと朧げに記憶があるのは、パパの勤務先で顔を合わせた同僚たちだろうか。時おり、わたしはパパを迎えに行くために警察署に立ち寄った。というのも、パパは〈勇敢で非の打ちどころのない警官〉だった――今ならそれが騎士道精神をもじった表現だとわかるけれど、子どもだったわたしには皮肉が込められているなんて思いもしなかった――わたしにとって、パパこそ騎士だった。その一方で、パパは事あるごとに「自分は左派だ」と主張していた。いずれにせよ、わたしはパパが勤務している警察署のなかで、心地よい時間を過ごした記憶はなかった。パパに警察署の奥を案内してもらうときも、飛びかう冗談を耳にするときも、いつだって身の置きどころのない気持ちになった。

「こんなに可愛い娘がいるなんて、自分でもきまり悪いんじゃないかい？」

「まったく、どうやったら、あんな子をこしらえることができるんだか」

同僚がからかうと、パパが声をあげて笑う。

「あれを使ったのさ。確かにあんたのよりは大きいかもしれないが。おいおい、まったく何を想像してるんだ！」

パパが言いかえす。

わたしはいたたまれなくて、リノリウムが張られた通路の床の下に消えてしまいたかったけれど、何とか顔をあげて笑おうとした。そんなわたしを心配して声をかけてくれる人もいくらかいた。

「大丈夫？　優しくしてもらってる？　もしいじめられたら、私たちに言うのよ。ぶん殴ってやるからね」

ついている日は――オリアンヌがそう言ってくれた。パパのチームにいる唯一の女性警官だった。オリアンヌがいてくれるときは、絶妙なタイミングで助け舟を出してくれる。

「もう少し働いたらどうなの！　放っておいてあげなさいよ！」

といった具合にパパや同僚に声をあげ、それからこちらに向き直ると、「わかるでしょ。私は普段、粗野で無知な仲間のなかで駆けずり回っているの」とつけ加えた。

わたしはオリアンヌが好きだった。パパはどういうつもりなのか、「同僚の誰とも寝ないなんて、オリアンヌはレズビアンに違いない」と言った。そんな情報を与えられたところで、わたしはどうすればいいのかわからなかった。もちろん、パパを誇りに思っていた。パパは市民を救う職務を担い、この先もわたしのために、勇敢な仲間たちと一緒にずっと警察で仕事をするのだ。だから、わたしはあの警察署の雰囲気も仕方ないと受け入れた。つまらないプレゼントだったとしても、「気持ちに感謝しなきゃ」と思って受けとるようなものだ。警察で猛烈に働いているのだから、息抜きだって必要だろうと思った。それにパパも仲間も意地悪なわけではなかった。

ステラの家では、子どもみたいな冗談を口にする大人はいなかった。ステラの母親のドミノは、昼だろうが夜だろうがいつでも友人たちを迎えいれ、キッチンに立った。わたしが今でも覚えている料理は、たいていドミノに教えてもらったものだ。祖母のドッティよりも遥かに多い。祖母は何かにつけて、トレー付きの冷凍食品やダイエットマークのついた調理済みプレートを擁護した。ダイエットが目的ではなく、合理的だから選ぶのだと言った。ドッティにしてみれば、冷凍食品や調理済み食品は技術の進化の賜物なのに、それを避けるなんて間違っているとの理屈らしい。ともかく祖父が亡くなって以来、祖母は料理をするのをすっぱりとやめたようだった。

一方、ステラの母親のドミノが料理をするときは、わたしたちも重要な戦力だった。ステラとわたしがエプロンの紐を結んでいると、ドミノの声がキッチンから響く。

「ほら、お嬢ちゃんたち、始めるわよ!」

二人、三人、いや八人ほどになっただろうか——常連のような男性たちが、連れと一緒にそれぞれワインのボトルを持って家にやって来る。リビングでベロア張りのソファーに座って寛《くつろ》ぐ友人グループと、キッチンのわたしたち。部屋の大きなガラス戸を境にふた手に分かれた。こちら側のキッチンでは、ドミノが冷蔵庫にある材料を見て、その場で料理を考える。その指示に従って、わたしとステラが動く。わたしはまるでレストランを切り盛りしているような気がした。まさに宴《フェット》そのものだった。

週末になると、わたしたちは魚屋に向かった。ステラの母親のドミノの得意料理《スペシャリテ》〈タラのアメリケーヌ・ソース〉に使う、切り身やエビなどを調達するためだ。ドミノにお金がなければ——というのも、豪華な食事の月もあれば、質素なときもあるのを目にしていたから、十分な原稿書きの仕事がないのだと察しがついた——お客も費用を分担した。そんなときは、ステラとわたしが回収係になって、帽子のなかにお金を入れてもらう。金額はお任せだったけれど、家主のゴンゾーはいつも一番多く入れてくれた。

「うちの仔猫ちゃんは、どれだけ欲しいんだい?」

ゴンゾーにそう聞かれると、ステラとわたしはふざけてわざと高い金額をふっかけた。それでも拒否されたことはなかった。ゴンゾーの髭のあたりからは、いい匂いがただよってきた。ジーンズにチェックのシャツを着た姿は、カナダの山男のような雰囲気だったけれど、「家に集まる男性陣のなかでは一番セクシーだ」とステラは言った。わたしもそう思ったものの、口にはしなかった――ゴンゾーはわたしたちより二十は年上だったし、魅力的というよりも、刺激的という言葉のほうがしっくりきたからだ。わたしが強く惹かれたのは、ゴンゾーの教養であって、くしゃっとした目尻の皺ではなかった。それにゴンゾーやほかの男性たちは、わたしたちにしてみれば父親のようなものだ。わたしやステラとの間には越えられない一線があった。

あの頃の日々は、わたしのなかにしっかりと刻まれている。あの場所で過ごした時間がわたしの一部となり、やがてわたし自身を作りあげていった。それ以前のわたしには輪郭すらなかったと言っていい。そして時が流れ、まるで潮の満ち引きによってわたしの記憶の岸にたどり着いたかのように、再びすべての思い出がよみがえった。どこにこぼれ落ちたかもわからない数々の思い出も、記憶の淵に沈んでしまわずに、その波間を揺蕩《たゆた》っていたのだろう。時の流れに揉まれてかけらとなった思い出は、時の塩にさらされて白くなり、骨のようにすべすべとしている。それでも、わたしはそのひとつひとつを識別できる。今ではわたしたちも、あの頃の両親の年代だと気づいたのは今朝のことだ。何とも不思議な気がしないだろうか?

ステラの家での夕食や週末のお泊まりの翌日になると、わたしは決まって口惜しい気持ちがした。前の晩に男性陣が話していた内容――彼らの口を突いてでる閃《ひらめ》きや、引用される素晴らしい言葉を、完璧には思い出せなかったからだ。わたしが〈男性陣〉と言ったのには訳がある。今になってようやく気づいたのだが、あの家にいたのはすべて男の人だった。ステラの母親をのぞいて。あと、わたしたちふたりをのぞいてだ。時おり、連れが一緒のこともあったが、やって来た女性たちが会話に加わっていた記憶はない。おそらく、〈男性陣〉の話に圧倒されていたのだろう。連れのなかには、とても美しい女性もいたが、たいていは彼らよりずいぶん若かったし、外国人の女性も交じっていた。彼らのなかには、世界を飛びまわる有名な報道記者や、戦場カメラマンもいたからだ。さらに、その場にいる男性の誰もが、まるで秘密結社のメンバーのようにコードネームを使っていた――王様《キング》や、公爵《デューク》、侯爵《マルキ》といった具合に……でも女性のほうは、〈お嬢ちゃんたち〉と一括りのまま、それぞれ名前で呼ばれた――アンナに、マヤに、ローラ。それにわたしたち――ステラにジョイだ。高貴なコードネームをもらうには、いったいどんな偉業を成し遂げねばならないのだろうか？　わたしはじっと様子をうかがっていたが、わたしもステラも〈お嬢ちゃんたち〉のままだった。

　メンバーのひとりデュークは、年中こんがりと日焼けした肌をしていた。

　本人の話によれば、船に乗ってタヒチに向かうまでは外交官をしていたらしい。まるで歌手のアントワーヌ〔ピエール・アントワーヌ。一九四四年生まれ。歌手、旅人、作家、写真家。船で世界の美しい島々を巡り、ドキュメンタリー制作も行う。八〇年代、フランス領ポリネシア周辺の航海で立ち寄ったタヒチで、現地女性と恋に落ちた〕の長い航海の話みたいだ。だが、デュークがよく思い出すのは、タヒチ同様に詳しいメキシコのようだった。そもそもメキシコに向かったのは、司祭の職を捨てた男の調査をするためだったという。ある晩のこと、デュークが〈褐色の肌をした彼女〉とどんなふうに乱痴気騒ぎを繰り広げたのかを話しはじめた。わたしの目の前に一気に映像が押しよせ、バチバチと音を立てた

——頭のなかに色鮮やかな花火があがる——ハート形のベッドに敷かれた〈薄汚れたシーツ〉〈ケバケバしい色のフェイクレザーの紐ビキニ〉〈二百フランぽっきりのショートタイム〉。それから、メキシコ人の彼女と〈癇癪持ち〉の自分の前妻ヴァレリアの似通ったところについて。わたしはデュークの話を聞きながら、目では連れの女性を追った。その晩デュークのそばにいた赤毛の女性から目が離せなかった。その人はデュークの色恋沙汰を楽しそうに聞きながら、静かに煙草を燻《くゆ》らせていた。どこか遠い目をした姿を、わたしは品があってかっこいいと思った。

メンバーのなかで一番よく話すのはゴンゾーだった。ゴンゾーはよく〈エレフェ〉——スペイン語でボスの意味らしい——と口論をした。エレフェは痘痕のある顔に、茶色い髪をした男性で、フランス語の発音に訛りがあった。南米の出身だが、独裁者から逃れてフランスにやって来たという。わたしに箸の使い方を教えてくれたのもエレフェだった。ふたりの議論が始まると、わたしはゴンゾーとエレフェがやり合う様子に耳をそばだてた。おそらくわたしの興味を引いたのは、議論の内容よりもふたりの熱気だったのだろう。もちろん、ふたりが何を論じているのか、わたしにすべてわかったわけではなかったけれど、ただあんなふうに、自分の明確な意見を持てたらいいと思った。わたしなんて、まだまだひよっこだった。実際、グループのメンバーの誰もが、わたしより遥かに明晰で流行にも通じていた。流行りといえば、男爵《バロン》を思い出す。背が高くて、痩せていて、髪が長くて、そしていつも少しぼうっとしていた。まだアメリカのラップを皆が知らなかった頃、バロンはそのカセットを持ってステラの家に現れた。LL・クール・J、スコット・ラ・ロック、アイス-T……バロンは周りの皆がまだロックを聴いているのを知って驚いた。逆にほかのメンバーはそんなバロンをからかった。一曲か二曲ならラップをかけてやってもいいと——だが一、二曲かかったあとにはすぐに別の音楽が鳴り、部屋全体がディスコと化した。

「もうたくさん！　今度はわたしたちの番！」

ステラが音の渦に浸りながら叫ぶ。

まったくステラは無敵だった。わたしが呑みこんだ言葉もすっと口にする。

「これ、いいんじゃない？」

たまたま選んだアルバムのジャケットを手にしながら、そう声をあげる。

「傑作さ！」誰かが答える。

「ドミノ、聞いてるかい？　お宅のお嬢ちゃんは〈ヴェルヴェット〉を知らないって。まったく、どんな躾をしてるんだ？」

ドミノの大きな笑い声がキッチンから響く。そのままわたしたちは、〈ヴェルヴェット・アンダーグラウンド〉——ルー・リードについての授業を無料で受ける。当時、わたしの家で流れる音楽といえば、クラシックかレオ・フェレのシャンソンだった。滔々《とうとう》と語るようなレオ・フェレの歌声を耳にするたび、わたしは塞ぎこみたくなった。だが、パパは同じ曲を繰りかえし聴いてもいっこうに平気らしい。曲が終わったと思った瞬間、針をレコードの一番外の溝に戻す。なかでも、わたしがうんざりしたのは、病気の子どもの話が歌詞になった曲だ。学校の出口で子どもを待つ男が〈ああ!　おちびちゃん……〉と嘆く。そして涙。

そんなわたしにとって、ステラの家はすべてが新鮮でわくわくした。話題になるのは、政治に社会学に文学。わたしにはゴンゾーから聞いて初めて知った言葉がいくつもあった。バローズやケルアックといったアメリカの小説家たちの名前もそうだ。ある日、ゴンゾーが詩人のアレン・ギンズバーグ本人が自作の詩を朗読した録音を皆に聴かせてくれた。『吠える』という、英語で書かれた長い詩だった。最初のうちは、ステラが聞きとれない言葉を理解し、ほかのメンバーから意味が掴めないと言われた箇所をフランス語で伝える自分が誇らしかった。だが、朗読が進むにつれて、そんなものはどうでもよくなった。ドラッグで破滅していった世代に想像を膨らませながら、ギンズバーグの詩の世界に浸った。一時間ほど過ぎたろうか。ふと、目に涙を浮かべているのが自分だけじゃないと気づいた。この説明のつかない感情はなんだろう。言葉の美しさに涙したのか、あるいはそのひどい思い出になのか?　わたしは今でもはっきりとした理由を言えそうにない。言葉にならない感情の行き場を求めるかのように、話題はお気に入りの作家へと移った。わたしは話題が変わったことが嬉しくて、一度だけ、自分から話を始めてみようと思い、コレットの名前を挙げた。だが、コレットの文章には形容詞が多すぎるとゴンゾーに指摘され、即座に候補から省かれた。するとキングが口を開いた――メンバーのなかで最もカリスマ性があり、宗教や詩について語るのと同じように科学の話もできる知識の持ち主だった。そのキングが、お気に入りの作家としてブコウスキーを持ちだした。作品のなかから言葉や台詞をフランス語に翻訳しながら魅力を伝えると、概ねメンバーの賛同を得た。ステラもキングの説明が十分に理解できるようだった。取り残されたわたしは、ステラの部屋にふたりで戻ってから、ブコウスキーのどの本を読んだのかステラに訊ねた。ステラが差しだしたのは『ありきたりの狂気の物語』と表紙に書かれた短編集だった。「canon《カノン》（大砲）だよ」——そう言われて、わたしはステラの顔を見返した。「すごくいい」という意味らしいが、そんな表現を耳にしたのは初めてだった。この本を読めば、衝撃を受けるに違いないと覚悟はしていたが、果たしてその通りになった。本に出てきた《蛸のように大きな膣》の比喩には、思わず横っ面を張られた気分だった。その晩、どこか釈然としない気持ちを抱えたまま、わたしは本を閉じた。根本の理由がどこにあるのかははっきりしない——文学に触れて、これほどショックを覚えるとは思いもしなかったからなのか。それとも、この本をステラに勧めたのが、母親のドミノの男友だちだからなのか。わたしの頭のなかから『吠える』の詩句がこびりついたまま離れなかった。まるで亡くなった母親のミレーナがわたしに近況を知らせようと耳元で囁いていているみたいだ。《夢と　ドラッグと　目覚めた悪夢と　アルコール、ペニス、限りないセックスと》——詩の言葉と息吹が重なった。

〈ヴィラ・アドリエンヌ〉には、年齢に応じた扱いなんてなかった。もちろん、周りのメンバーから小娘呼ばわりもされたけれど、それはわたしとステラに限ったことではなく、ステラの母親のドミノに対しても同じだった。自分の家とはまったく違った。家ではいつだって、わたしは子ども扱いだった。パパとのふたり暮らしは、母親が亡くなってほどなく三人暮らしへと変わった。祖母のドッティがわたしたちと一緒に暮らすためにアメリカからパリへ引っ越してきたからだ（正確にいうと、祖母は息子が住むアパルトマンの同じ階に越してきた。そしてパパは自分の都合に合わせて、わたしを実母のドッティに預けた――それも、かなり頻繁に――わたしにしてみれば、祖母とは同じ部屋に住んでいないだけの話だった）。いずれにせよ、家でのわたしはおちびちゃんのままだった。

「ほら、急いで！」

祖母がわたしに英語で呼びかける。

「寝間着に着替えてらっしゃい。『ダラス』のドラマが始まるわよ！」と、今度はフランス語でつづける。

祖母のドッティが話すフランス語は、あえて英語訛りにしているのかと疑われるほどの癖があった。確かに英語が母国語だとわかれば、身の回りのさまざまな出来事から距離を置ける。

例えば、フランスの時事ニュースに関心を持つとか、誰に投票するだとか、自分の立場をはっきりさせるような状況だって回避できるだろう。だが実のところ、ドッティのフランス生活はかなり長かった。三十年あまりの日々を、弁護士だった夫のピエール――つまりパパの父親とともにリヨンで過ごしてきたのだ。アメリカに戻ったのは、一九七〇年代の終わりに自分の夫――つまりわたしの祖父が心臓発作で亡くなってからの話だ。それでもドッティはひどく体面を気にした。フランスに住む息子や孫娘に対して、自分の母国語の英語を押しつけていると思われたくなかったのだろう。パパはいつもフランス語で通したが、わたしは祖母といるときだけ英語を使った。そんなふうに、わたしは話す相手によってふたつの言葉を行き来した――大人が使うフランス語については、今、学んでいる最中だが、英語のほうは子どもが使う言葉しか知らなかった。グリーンポートで過ごす夏休みに、祖母のドッティや、隣人夫婦、その娘のエイミーと話すときに使う言葉だ。それでもエイミーと一緒のときは、わたしは頭のなかでふたつの言葉を行き来させながら、ぴったりくるニュアンスの言葉を探しだした。というのも、エイミーは同じ英語でも、体《ボディー》をbod《ボッドゥ》と言ったり、フランス語と共通の〈ラディカル〉を素晴らしい《ジェニアル》のニュアンスで使ったりするからだ。さらに、エイミーの好みの言い方も毎年変わった。あれは十二歳だった夏のことだ。エイミーが自分の手首に入れたタトゥーの意味をわたしに打ち明けた。両親に内緒で十五歳の誕生日の記念に入れたらしい――ヒトデのタトゥーだった。エイミーが黒いプラスチックのスウォッチの腕時計をずらすと、その模様が覗いた。

「あたしは〈タチ〉なんだ」――わたしにはエイミーの言葉の意味がさっぱりわからなかったが、知ったような顔をした。

　グリーンポートの家に戻ると、わたしは祖母のドッティに、エイミーが言った言葉の意味を聞いた。祖母は眉を顰《ひそ》めると、どこでそんなくだらない言葉を見つけてきたのかと聞きかえした。わたしは祖母を安心させるつもりで「駅の壁に書いてあった」と答えたけれど、かえって不安をあおったらしい。

「ここの話？　グリーンポートの駅で？　そんなことになったら最悪だわ！」

　ドッティが声をあげた。

「どうして？　どういう意味なの？　危険ってこと？」わたしは引きさがらなかった。

　とうとう、ドッティがパパに話を振った。

「パパに聞いてちょうだい！」

　パパはわたしの好奇心なんて簡単にかわせると思ったのだろう。

「グードゥー（レズビアン）さ」

　訳のわからない言葉で切りかえしてきた。だが、わたしだってそんなに甘くない。

「それってどんな人？」と、詰めよった。

「グーグース〔グードゥー（レズビアン）とグース（にんにくなどの一片）を掛け合わせた言葉〕さ、ほらニンニク屋だよ」

　わたしはますます訳がわからなくなった。きっと狐につままれたような顔をしていたのだろう。パパが面白がるように、わたしの目を覗きこんだ。

「レズビアンのことさ。何かというと、男子が好きじゃない女子だ。ほら、何でも自分ひとりで習得できるわけじゃないだろう！」

すぐにわたしは、「家のことなら、もう十分ひとりでできる」と言いかえした。買いものだって、掃除だって、わたしがやっている。パパには家事をする時間なんてないのだから。それでも、パパはわたしを子ども扱いした。自分のほうにわたしを引き寄せると、拳骨でわたしの頭をぐりぐりとこすった。と、今度はその手で、わたしの脇腹をくすぐる。わたしはたまらず噴きだした。身体をひくひくさせながら「やめて」と声をあげて、何とかパパの手から逃れた。その瞬間、パパが何とも寂しそうな声を出した。

「大きくなったな」

まるでわたしとの勝負に負けたみたいだった。


わたしはエイミーの秘密を誰にも明かさなかった。エイミーが打ち明けたのは、セクシュアリティの話だとわかったけれど、自分自身についてはまだはっきりしなかった。十二歳のわたしは、現実の世界よりもシャルル・ペローの『ロバの皮』〔亡くなった王妃の代わりに、娘と結婚しようとする王様のもとから逃げだした姫が、貧しい身なりで正体を隠しながらも最後には王子と結ばれる話〕や『サンドリヨン（シンデレラ）』の童話に登場する人物に自分を重ね合わせるほうが楽しかった。ロバの皮をかぶって身分を隠した姫が、恋する王子を思って愛のケーキの歌をうたうように、わたしもギリシャ神話の海の王〈ポセイドン〉や、ボウイが生みだした伝説のロックスター〈ジギー・スターダスト〉のために、ケーキを作りながら歌をうたった――同級生の男の子にはそこまで興味が持てなかった。人気のある女の子たちと違って、わたしはいつも男の子を警戒しながら口をつぐみ、そっと前を通り過ぎた。

そして一九八四年の秋、こちらの事情も知らずに、祖母のドッティが久しぶりにパリへ降りたった。わたしにしてみれば、突如、自分たちの世界に邪魔者が現れたような気分だった。八歳のときに母親が家を出ていって以来、パパとわたしのふたりで五年かけて築きあげてきた暮らし――何をどこに置くか、ミリ単位で決まっているような整然とした生活が、ドッティの登場で一変した。一家の主婦、家事好きな女性、家政婦――それまで担ってきた役割を祖母に横取りされると、わたしはあっという間に十三歳の子どもの立場に戻った。だが、それはそれで悪くなかった。その代わりに、片づけ魔としての自分を封じこめることにはなったけれど――今でも、わたしは常にものを整理し、選別し、いらないものを捨てる。散らかっているのは嫌いだ。いつも真っさらなページを生きているような感覚を好む性分は変わっていなかった。

だが、祖母のドッティは違った。わたしとパパが暮らすアパルトマンにやって来るなり、部屋の様子を見て眉を顰めた。きっちりと整理された暮らしを保つために時間を費やすなんて、時代に逆行していると考えたのだろう。ドッティには、かつて弁護士の妻としてのブルジョワ暮らしと引き換えに、植物学者としてのキャリアを諦めた過去があった。その自分が、夫との暮らしでどれほど苦労したかを切々と訴えた。だが、パパはドッティに向かって、騙したのは父親だと言った。文句をつけるなら、またうまい理由をつけて、アメリカの連中に文句を言いに帰ればいいじゃないかと突き放した。それでも、わたしは祖母の味方だった。床や家具用のクリーナの匂いも好きだし、家事が嫌だとも思わなかった。自分がすべての家事を負担しようが、ドッティが帰ってしまう不安に比べればたいした問題じゃない、そうドッティに打ち明けた。わたしは心のどこかで、家のなかに新たな女性の仲間が加われば、自分が安心できると気づいていたのだろう――つまりドッティは、父親の絶対権力を批判するのに欠かせない、わたしのよき理解者だった。もちろん、あからさまな批判はできないから、そのあたりは巧みにする必要があった。何故なら、パパは自分の権威が脅かされると感じるやいなや敏感に反応したからだ。とりわけ、自分の母親から〈腰抜けの屁理屈屋〉と言われるのは我慢ならないらしい。ドッティによれば、子どもの頃は〈チキン〉とあだ名をつけて呼んでいたというが――今やパパは〈勇敢で非の打ちどころのない警官〉だ。そんなパパに臆病者《チキン》はない。どんな理由があろうと、気分を害するに決まっていた。

　実際、祖母のドッティがパリにやって来たからといって、パパの普段の生活に大きな変化はなかったはずだ。以前と同じように働き、さらに思春期を迎えて手に負えなくなってきた娘の監視は、自分の母親に押しつければよかった。パパが考えているよりも、遥かに聞き分けのいい娘だったにせよ、当時のわたしはパパにとって厄介な存在だっただろう。一方、ドッティは勤勉な一人息子のパパを育てた経験しかなかったから、その娘のわたしも同じ種族の若木のようなものだと思っていた。つまり、その種族が――わたしそのものが変わるはずがないと考えた。だから、初めて家にステラを連れてきたときも、いつもの寛大さは変わらなかった。

「ねぇドッティ、親友を連れてきたの。ステラよ」

わたしが紹介すると、すぐにドッティは明るくステラに声をかけた。

「まあ、ステラって名前なの？　ステラ・スティーヴンスと同じね、ブロンドの女優よ。知ってるかしら？　マリリン・モンローと姉妹みたいにそっくりなの！　有名な作品はないけれど、すごく美人だったのよ。ステラはイタリア語で星の意味ね。英語ならスター。忘れられない名前だわ。わたしはドロティよ。仲間うちではドッティ――でもね、同じ発音で〈いかれた奴〉って意味もあるの」

「はじめまして、ドッティ」ステラは英語でドッティに挨拶を返した。

祖母のドッティと同じように、ステラもアメリカドラマの『ダラス』が大好きだった。ステラにとって、わたしの家で過ごす晩は、大事な息抜きの時間だったのだろう。夕飯の時間になって、ドッティが自分の部屋からわたしたちのところに食事を運んでくるまでの時間も、別のアメリカン・コメディに夢中だった。そこへドッティがキャスター付きのワゴンを押しながら小走りでやって来る。そのワゴンの上は、温めたばかりのムサカの容器《トレー》でいっぱいだ。と、鼻にかかったドッティの声が響く。

「ほら、お嬢《ガ》ちゃんたち《ールズ》、晩ごはんよ」

わたしたちに英語で呼びかけた。

たちまちステラはドッティの心を掴んだ。ドッティが喜ぶもの――会話のなかにスラングをちりばめるのが大好きなのに気づくと、逆さ読みや流行りの表現を浴びせかけるように使った。おかげでステラが我が家に立ち寄ったあと、ドッティは女《オンナ》をナオン、ブスをブサイクに置きかえ、「それってダサい」と言ったかと思えば、無理なことを頼もうとすると「郵便局《ポスト》とは書いてないわよ」とテレビCMみたいに自分の額を指した。とはいえ、わたしたちにしてみれば、ドッティに一杯食わせるなんて簡単だった。ドッティがコニャックを飲むとぼんやりしてふたりの区別がつかなくなる……ステラはその変化にいち早く気づくと、わたしの髪を自分と同じように真んなか分けのおさげ髪に結い直し、サマードレスとサンダルに着替えてから、大急ぎでソファーに向かった。そのままソファーの上で静かに丸くなって、食事に呼びに来たドッティを驚かせた。大好きなアメリカドラマの時間になると、たとえ母親のドミノや仲間がステラを連れて帰ろうとするほど野暮ったいドラマだろうが、けっして見逃さなかった。

ステラが暮らす世界には、子どもが入りこむ隙などなかった――家のなかのどこにいようとそれは変わらなかった。そんなステラがわたしの家では子どもに返った。子どもっぽい姿を隠そうともせず楽しんでいた。だが、ステラのなかで大人と子どものふたつの世界が重なりそうになると、いつも自らタッチラインを割ってボールを蹴りだすように話題を終わらせた。

「お父さんは、フランス語を上手に話すの？　話しかけてくるときは、どっちの言葉？　ラオス語？」

　わたしが訊ねると、ステラは顔をしかめた。

「あたしの父親のこと？　あぁ、それはちょっと……」

「仲が悪いの？」

「ううん、でも、正直言ってそんな面白い話じゃないから。だから、その話はママとだけしてよ。何時間でも話しつづけるから」

　それでも、お構いなしに聞くのがわたしだった。好奇心が強くて、まるで吸い取り紙みたいに、見るもの聞くもの何だって吸収しようとする。だって、次から次へと聞きたいことが湧いてくるのだ——よその家ではどうなんだろう？　どうしてなのだろうといった具合に。結局、ステラに言われたように、わたしは母親のドミノから、ステラの父親の話の一部を聞いた。ソンブーン・サヤヴォン——ステラ自身が知らんぷりを決めこんでいる、父親の名前だった。

「ステラは興味がないのよ」

　母親のドミノによれば、ふたりがどんな状況で出会ったのか、ステラにもう何度も説明しているらしい。ステラの父親は夜の闇に紛れ、メコン川をカヌーで下って祖国ラオスを離れたという。難民としてフランスに到着したその男性に、当時、学生だったドミノが言葉を教えた。それがふたりの馴れ初めだった。ドミノはわたしたちの前で話を聞かせてくれたが、ステラは聞こうとしなかった。まさか、今は違うだろう。父親についても詳しくなっているはずだ。だがあの頃、ステラの母親の話を聞くのはわたしの役割だった。とはいえ、わたしは当事者じゃない。それなのに勝手にプライベートな話を聞く権利を横取りしているようで、後ろめたさを拭いきれなかった。ただドミノは構わず話をつづけた。

「ある日、私から彼を夕食に誘ったの。そして愛し合った。妊娠しているとわかったとき、すでに息子のロックがいたけれど、授かった子どもを育てようと決めたわ。そして、ステラが一九七〇年の七月六日に生まれたのよ。ソンブーンは、私のことを気難しい女だと言ったけれど、私は私で、自分の在り方――自由を認めてくれない彼に文句を言うようになったの」

ドミノの話を聞きおえると、自分が成長したように感じた。それぞれの家庭のなかに溶けこむようなステラとの友情関係のおかげで、わたしの暮らす世界はひと回り大きくなった。以後、ラオスの国はわたしの一部となった。言うまでもなく、ステラのルーツだからだ。それに合わせて、自分の世界の重心も移動した。わたしとステラはあまりによく似ていたから、双子が片割れになりすますように、思うまま互いに入れ替われた。わたしの場合は、祖母のドッティの前でわざとステラに自分の代わりになってもらっていた。

土曜日の晩は、いつもステラと一緒に『ダラス』のドラマを見た。それが終わると、祖母のドッティは自分のアパルトマンに戻った。食事を運んできたキャスター付きのワゴンの上に食後酒のコニャックをのせて、踊り場を挟んで反対側の部屋へと帰っていく。わたしとステラは寝室に行ったふりをして、そのまま二十分ほどなかで待つ。それからドクターマーチンの厚底の靴に、タイツをはいた細長い脚をタータンチェックのミニスカートの下から覗かせ、襟にボアのついたカナディアンジャケット姿でいそいそと無断外出する。行き先は〈ファンタジア〉だ——その言葉を聞いただけで、わたしは時空を超えた世界へ迷いこんだような気分になる。わたしたちは自由だ！　部屋をそっと抜けだし、地下鉄《メトロ》の駅に駆けこみ、ポルト・マイヨ駅へ向かう。わたしの〈カルト・オランジュ〉の定期券には、ステラの写真が貼ってある。ステラはわたしとお揃いの格好にフェルト帽を合わせて、真っ赤な口紅を塗る。わたしがプレゼントした〈山賊〉という名前の口紅だ。それにしても、ポルト・マイヨ駅があるのはパリの西端だ。踊りたくてたまらなかったわけでもないのに、どうしてうちから反対方向の場所まで出かけていたのだろう？　確かステラの知っている場所で、そこに知り合いがいたはずだ。その知り合いというのは、ステラの元彼の友人だった。その元彼——マキシムはステラにとって初めての相手だったらしいが、「用済みになるとすぐに、ボロ雑巾のようにステラを捨てた」らしい——これはステラ本人が言った言葉だ。ともかく、その知り合いの男性がわたしたちを店のなかに通してくれると、その人からもらったドリンクチケットを手にバーカウンターへ向かった。そこでステラはマリブ・パインのカクテルを注文する。とはいえ、いつもこんなふうにすんなりとうまくいくわけじゃない。時間にしたら二、三分の出来事だと思うが、わたしたちは毎回、入り口でちょっとしたスリルを味わった。店の前には客が列を作り、入店の許可をもらう必要があったのだが、わたしたちは何とか理由をつけ、時には必死に頼みこんで、なかに入れてもらおうとした。そんなとき、救いの神が現れる。ステラの知り合いがわたしたちを見つけて手招きしてくれる。と、目の前で扉が開く。たちまち、わたしたちは音の渦に吸いこまれ、浴びせかけるように音楽が降りそそぐ世界へ入っていった。

最初にわたしたちを出迎えてくれたのは、モールス信号のような音だった。その通信音に導かれるように通路を進んでいくと、目の前にダンスフロアが現れた。まるで自分たちが何者なのか、モールス信号によって解読されているような気がした。「これって何の曲？」わたしはステラに聞いた。するとステラがうっとりした笑顔を浮かべて叫んだ。

「ビー・フィフティートゥーズの『Planet Claire《プラネット・クレア》』だよ！」

胸の奥に響くような低音が、鼓動のリズムと心地よく重なった。と、いきなりステラがわたしの手を掴んで駆けだした。そのままわたしをフロアの群衆のなかに連れていく。今までいた場所からほんの数メートルしか離れていないのに、一気に十五度ほど温度があがったみたいだ。目の前には、頭や、肩や、背中が連なっている。木立のように後ろ姿が並ぶフロアをかき分けながら進んでいくと、ようやく音響装置の心臓部へたどり着いた。このブースから、あの熱気が生まれるのだ。わたしは身体がうずうずするのを感じた。女性ボーカルの高い音が頭に響く。フロアで踊る人の目が照明で青白く光る。突きあげられた腕、その先に赤く輝く煙草の火が揺れている。くるくるとターンをする女の子たちもいれば、次にくる音に合わせて、身体をくねらせる子もいる。想像の世界で、見えないパートナーの手を取って踊る男の子。バネがついているみたいに、その場でジャンプしている人たち。誰もが大声で叫び、男性ボーカルの歌詞を繰りかえす——《She《シー》 came《ケイム》 from《フロム》 Planet Claire《プラネット・クレア》!　She《シー》 came《ケイム》 from《フロム》 Planet Claire《プラネット・クレア》!》。わたしは一晩中でも、この曲に合わせて身体をくねらせていられそうだった。電気を帯びたみたいに爪の先までビリビリする。ステラ以外知っている人なんていない、この惑星《プラネット》で生きていたいと願う。外からはわたしたちがどこに潜んでいるのかもわからない、何の手がかりもない場所。その唯一の時が訪れるのをこうして待つ。わたしたちだけが乗った黄金色のロケットカプセルが切り離される瞬間。とびきり美しい星——ステラとわたしだけの時間がそこにあった。

　週末の晩に踊りに出かけるときは、明け方の三時頃に帰宅したはずだから、眠りにつけたのはもう少しあとだっただろう。帰り道の記憶といえば、ステラとふたり、タクシーの運転手に途中で降ろされたことがある。タクシーのなかでステラが「気分が悪い」と言いだし、わたしは機転を利かせたつもりで後部座席の窓を開けた。ステラも座席を汚すよりはいいと思ったのか、そのまま窓の下のタクシーのドア部分に向かって嘔吐した。その結果、わたしたちは車の外に追いだされた。地下鉄《メトロ》で帰った晩には、スキンヘッドのグループにあとを尾けられ、シャトレ駅の動く歩道で追いかけられた。後ろから囃したてる声とわたしたちの悲鳴が、記憶のなかで重なりあう。

　ようやくアパルトマンの建物の下にたどり着いても気は抜けなかった。わたしたちはエレベーターではなく、あえて裏階段を選んで、つま先立ちで上までのぼった。部屋の前につづく最後の廊下部分では靴を脱ぐ。そして、ドクターマーチンの靴を手に、忍び足でアパルトマンのなかへ滑りこんだ。パパが非番のときは、わたしとステラは外出を諦めた。とはいえ、目が離せない事件に関わっているときのパパは、たいてい明け方に帰宅した。カチャと聞き慣れた鍵の音がしたあとで、すぐに深い溜め息が漏れる。それから足音が近づいてくると、一旦わたしの部屋の前で止まる。少しだけ扉を開けて、わたしがぐっすり眠っているかどうかを確認して、ようやくパパは自分の寝室に帰っていく。ぐったりと疲れきっていたのだろう。時には、週末中ずっと部屋のなかに引きこもったままで、日曜日の夕方になって初めて顔を合わせることもあった。ステラの存在はパパのいない寂しさを埋めてくれた。

ステラは疲れを知らなかった。わたしたちはベッドのなかで、互いに〈背中文字〉を書きながら、一晩中おしゃべりをつづけた。〈背中文字〉とは——相手の背中に、自分の指先を使って自由自在に好きな言葉を書くものだ。普段、ひっきりなしに交換する手紙のように、わたしたちは代わる代わる背中に言葉を書き合った。だが、わたしはいつの間にか眠くなって、気づけばステラの声に合わせて舟を漕いでいた。ムニャムニャと返事をしながら、だんだん次の言葉を書くまでの時間が延びていく。「ジョイの番！」——突然、ステラの声が聞こえて我に返る。ほんの少し前に、ステラの背中に指を伸ばしたはずなのに、その肩に倒れこみ、深い眠りに落ちていた。でも、朝に関してはわたしのほうが強かった。先に目が覚めるのはいつでもわたしだ。うちでは朝になっても寝室は暗いままだったから、わたしはステラを寝室に残してリビングに移動する。そしてソファーの上で本を読みながら、ステラが起きてくるのを待つ。お供はレイモンド・カーヴァーの『頼むから静かにしてくれ』――ゴンゾーのおかげで出合えたお気に入りの短編集だ。一方、ステラの家で朝を迎えるときは、カーテン越しに陽の光が差しこんでくるから、わたしはそのままベッドに残って、横で眠るステラを見つめた。口を開け、手足を広げ、髪を波打たせて眠るステラ。ふたつ並んだ枕の上でステラとわたしの髪が交ざり合う。ステラの髪のほうが真っすぐで、チョコレートフォンデュのようにツヤツヤとしている。わたしの髪はもう少し明るい焦げ茶だ。ふと、ベッドの上に伸びたステラの腕が目に入る。腕に書かれたカンニングペーパーの文字のインクが滲んで、もやもやした雲に変わっていた。

　わたしはまるで昨日ステラに会ったばかりのように、その姿を克明に覚えている。ステラの口元にはホクロがあった。ある日、わたしたちはホクロにまつわる話を知って大笑いした。十八世紀に流行したつけボクロは、その位置によって、名前も意味も違うという――ステラのホクロは淫乱ボクロだった。ステラはきれいな歯並びをしていたが、矯正器具を外したばかりで唇がまだ腫れていた。バレリーナみたいにほっそりと長い首に、前後を逆に着た赤いVネックのセーターから覗く肩甲骨。手首に傷があったけれど、それについては何も語らなかった。小麦色の肌、すべすべした太腿、きゅっと丸い膝小僧、足は驚くほど小さかった。そのステラがわたしの人生からいなくなった。わたしは今でも、ステラが消えた衝撃から立ち直れていない。

ステラを見捨てた元彼のマキシムが引き合いに出した理由（別れ際に、「おまえの煩わしい話に付き合ってられるか」と言ったらしい）は、まったくばかげている。ステラは、わたしが知っている誰よりも特別だった——そう言うのにふさわしいすべてを、ステラは持っていた。

時おり、わたしはステラにキスをしたくてたまらなくなった。ほとばしるような喜びに身が震えるとき、その感情をどう扱えばいいのかわからなかった。そんなとき、仔犬がするみたいに、ぺろぺろとステラを舐められたらいいのにと思った。そうしなかったのは、ステラの瞳にちらっとでも嫌悪の念が浮かんだらどうしようと思ったからだ。瞳だけじゃない。ステラの左右の形が違う耳や、尖った指先、身体のいかなる部分が反応しても、すぐにわたしは気づいただろう。そしてステラが急に態度を変えたり、あるいは必要以上にわたしをからかったりしたら、激しい怒りを抑えられなくなったに違いない。わたしの目はあまりにステラに向きすぎていた。だからこそ、ふたりが抱えるマグマのような感情が怖かった。もし、そのマグマがあふれだして、そのなかに埋もれてしまったらどうなるのだろう？

わたしとステラの友情は唯一無二のものだった。わたしにはステラしかいないし、ステラにもわたししかいなかった。しばらく経ってから、わたしはステラの代わりを求めようとしたが、そう思えるようになるまでに時間が必要だった。いつだって、わたしは警戒心を解こうとせず、相手の出方を待って観察した。人となりを認める前に一方的に相手を判断し、容易にうち解けようとはしなかった。そんな自分に近づいてきてくれたのは、唯一エイミーだけだった。だがエイミーは子どもの頃からわたしを知っている。それ以外の人は、何かにつけてわたしを警戒心が強く、遠慮がちで、冷ややかな人間だと文句を言っていただろう。ステラと一緒の自分が何の考えもなしに駆けだすほど向こう見ずで、砂漠の渇きを癒やすようにがつがつしていたなんて思いもよらないはずだ。わたしたちが互いを愛おしく思う気持ちは熱を帯びて燃えあがった。わたしは翌日のことなど考えもせず、その炎のなかに飛びこんだ。自分のすべてを、最後の一雫までステラに捧げた。友人のままでいられるかどうかの境界線がどこにあるのかなんて、わたしにはまだわからなかった。わたしにとって、ステラが第一で、唯一だった。

わたしたちは互いの似ているところを意識するにつれ、ふたりの区別がつかないと言われるのを望むようになった。自分たちの姿を合わせ鏡にして見るのが楽しくて、その姿を目眩が起きるほど、恐怖を覚えるほど、じっくりと覗きこんだ。わたしの姿にステラは驚き、ステラの姿にわたしは目を奪われた。互いにどれほど相手を思っているか——その気持ちを疑いはしなかったけれど、容姿がよく似ているという事実もふたりの結びつきに大きく作用したのだろう。だからこそ、ひとつひとつの細かな違いなど取るに足らないものだと感じた。グリーンポートの海辺の砂の一粒一粒の違いを気にも留めないのと同じだった。ふたりが一緒のときは、とにかく楽しもうと何でもした。自分たちの殻から抜けだせるためなら、思いっきり笑えるためなら何でもありだった。授業をサボり、バゲットを丸ごとかじり、夜遊びにふけり、CDやバンダナ、紙巻き煙草をくすねた。目眩も気にせずにステラの家の屋根の上によじ登り、そこからモンパルナスの墓地を眺めてわたしの母親のお墓を探した。そして一夜のうちに失踪する計画を立てる。わたしたちの遥か向こうに広がる自由に挑むために……。

時おり、わたしたちは片時も離れたくなくなると、金曜の授業が終わってから日曜の晩までずっと一緒に過ごした。わたしのアパルトマンからステラの家に移動する間も、まるで手と手が封印されているかのように、互いに手を取り合ったまま離そうとしなかった。別れ際になると、わたしはできる限りステラに寄り添った。ステラの口から漏れる温かな吐息を、そのアールグレイの紅茶の香りとともに吸いこんでからバスに乗りこんだ。ジェネラル＝ルクレール通りを北に戻っていくバスに揺られながら、いくつもの通りや並木通りを進んでいくにつれ、筋肉の組織そのものが引き伸ばされるようにステラから離れていった。互いの身体と身体が引きちぎられる音が聞こえる気がした。そうしてステラから完全に切り離されると、わたしにはもはや何の楽しみもなくなった。だからステラに宛てて手紙を書いた。いとしいステラ、大好きなステラへと呼びかける。すぐにステラからも、わたしへ熱く呼びかける手紙が届く。ついさっきステラと別れたばかりなのに、次に会うのが待ちきれない。わたしは頭のなかで、ステラがバカロレアに合格したらすぐに、一緒に借りるつもりのアパルトマンを思い描く。ステラと一緒に間取りを考え、家具を並べる。それから何年かしたら、そのアパルトマンには子どもたちが加わる。でも、その子たちの父親はどこにいるのだろう？　姿はない。出ていってしまったのだろうか？　あり得なくはない話だ。それでも、ステラが地球の反対側でシンポジウムに参加するときは、わたしがステラの娘の面倒を見る。そして、わたしがルポルタージュのために出かけているときは、ステラに息子の面倒を見てもらおう。けれど海外出張から戻るときは旅のお土産を持ってかえること、それからけっして離れ離れにならないと約束してほしい。わたしはいつだってステラのためにいる。いとしい人、愛する人、狂おしい人、ステラ……。

　思春期の友情とは、激しく燃えあがる感情そのものであり、爆発と呼んでもいいほどの破壊力を持つ。相手に対して万難を排して身を捧げ、よくぞ、そんな勇気があったと思うような協定を平気で結ぶ。その経験を何かと比較することも、数値や程度で推し測ることもできそうにない。あらゆる幻想を受け入れ、守りぬき、さらに膨らませていく――いわば激しい恋のようなものだ。わたしは思春期と言われる年齢だった頃、友情の激しさに恐れを抱きもしなかったし、その思いを言葉で表すのも怖くなかった。わたしとステラの結びつきがあれば、そんなものなど吹き飛ばせる。ふたりを遮るものなどあるはずがないと思っていた。

　高校生活の二年間は、理想郷で過ごす月日のように平穏に過ぎていった。そして突然、何の説明もないまま、ステラがわたしに背を向けた。その瞬間、すべてが終わった。〈ヴィラ・アドリエンヌ〉の世界は、まるで単なる舞台装置だったかのように、わたしの前から消えてなくなった。あそこに住みついていた人々はマリオネットだったのだろうか。それでもわたしは、もぬけの殻だろうが何だろうが、あの世界とともに羽ばたこうとした。もし〈ヴィラ・アドリエンヌ〉の日々が何ひとつ本当の出来事でなかったとしたら、今のわたし自身も存在しないはずだった。

ステラ

　ステラは目を閉じた。《ＪＯＹ《ジョイ》》の名前が視界から消える。まるで無重力状態にいるように全身の力が抜けていった。喘息のある自分が息をしても、ほとんど胸郭は動かない。ゆるやかに死んでいくのはこんな感じなのだろうか。それでも、パソコンのマウスの上に置いた左手の感覚は残っていた。この手をどうすればいいのだろう？——ステラは自分でもわからなかった。右手のほうはコーヒーカップを置いたあと、テーブルに預けたままだ。洗濯機の唸るような音が、後ろのキッチンから響く。マルセイユの街のざわめきが、通りから二階の部屋までのぼってくる。三十年の月日なんてあっという間だった。
《ＪＯＹ》
　ステラは今日の予定を思いうかべた。まずはゴミ箱をクリックしよう。どんな言葉もあそこに放りこめば、たちまち見えなくなる。洗濯ものを干しにいくのはそのあとだ。それから日用品の買いものをする。この日曜も、いつもと同じスケジュールで進んでいくはずだ。

《JOY》

ステラはパソコンの画面から顔を背けようとした。だが、うまく動かない。パンチをかわそうとする酔っぱらいみたいに、視線がゆっくりと移動していく。

《JOY》

ここには似つかわしくない言葉だ――今の時代にも、この暮らしにも、南フランスにも、家族向けのアパルトマンにもしっくりこない。二十一・五センチとか二十二センチの子ども用のローラーシューズや、男物の大きなGジャンとも結びつかない言葉だ。ふいに、柔らかな空気を感じた。なんて穏やかなのだろう。まるでふっくらとした防音効果のある壁に囲まれているみたいだ。それとも眠っているのだろうか――いつの間にか、洗濯機のドラムが猛スピードで回転していた。すぐにドラムの振動でキッチンの調理台が音を立てる。その音が、リズムが加速していく――《ジョイ・ジョイ・ジョイ》と言っているみたいだ。回転スピードがさらにあがる――《ジョイ・ジョイ・ジョイ・ジョイ・ジョイ・ジョイ・ジョイ・ジョイ……》。調理台に伝わった振動が、今度は壁を打ちつける。トントン、トントン、トントン――ここに入ってこないで！　ステラは心の奥で叫んだ。何の断りもなく、いきなり侵入してきた相手に、どんな態度を示せばいいのだろう？　やり過ごす？　そう、理屈でいったらそうだ。なかったことにすればいい。

目を開けると、ステラは娘たちに向かって声をあげた。

「ふたりとも、ソファーにジャンプするのはやめなさい！　着替えてらっしゃい！」

「だって、楽しすぎるんだもん！」

「楽しすぎるんだもん！」

長女のジャンヌが言った言葉を、下のシュザンヌが繰りかえす。

「まるでね、峡谷をジャンプして越えるみたい。ねえ、見て！」

「まるでね……」

下の娘の笑い声が聞こえた。笑いころげたせいで、言葉が尻切れとんぼになったようだ。ステラは娘たちに目をやった。ソファーの前のローテーブルからジャンプし、ふっと宙に浮いた長女の頭が見える。娘たちの度重なる攻撃を受けたソファーのほうは、すっかりへたって形が崩れていた。

ふいに、ステラは片頭痛がやってくる兆しを目の奥に感じた。すぐに手で顔を覆って、症状を抑えこもうとする。メールボックスの画面に現れた《ＪＯＹ》の文字に、身体が勝手に反応したのだろう。瞼の裏に、光る色の斑点が浮かびあがったかと思うと、網膜の上で撹拌されるように広がっていった。横になったほうがよさそうだ。すると、動いているかどうかわからないほどゆっくりとしたペースで、ぼんやりと広がった斑点がつながりはじめた。何かがゆらめいている――砂漠の向こうに現れた蜃気楼のようだ。そのなかに痩せっぽちの女の子の姿が見えた。子鹿みたいに細い脚。歩くたびに前後に振れる、バレリーナのような腕。あたしの心の友――彼女が再び姿を見せた。と、その瞬間、細かな光の点がホログラムになって別の姿が浮かびあがった。違う。彼女じゃない――目深にかぶったチャイナ帽の下から、不機嫌に尖らせた、獰猛そうな小さな口が覗いていた。

ステラははっとして顔をあげた。

「ふたりとも、いい加減にしないと怒るわよ……」

「やだよ、ママ!」

声を揃えて反対する娘たちの声が耳に届く。

身体中を駆けぬけるような、ちくちくとした刺激にステラは思わず身を屈めた。過去を思い出したせいで、こんな痛みを感じたのだろうか。長い間、ジョイについて考えもしなかったのに、すでにお腹のなかから思い出が脈打つ音が聞こえてくる。まるで相手はうずくまったまま、機が熟すのを待っていたかのようだ。考えてみれば、ふたりが離れてからのほうが親密に過ごした期間よりも遥かに長い。けれど、あれほど生き生きとした感覚を味わったことはあとにも先にもなかった。ジョイと離れてからのあたしは、自分自身をすっかりなくしたようなものだった。あたかも別の人間として人生を送ってきたような気がする。それでも、あたしの人生はあたし自身のものだ。とはいえ、いったいどこで道に迷ったのだろう? 一九八〇年代が終わろうとしていた、あのどん詰まりの日々だろうか？

再び、娘たちの騒ぎ声が耳に響いた。

「もう、いい加減にして！　ジャンヌ、こっちを向いて。この部屋はどう？　何みたいに見える？」

「うんこみたい！」

横から、下の娘のシュザンヌが口を挟む。

「ふざけてないの。ほら、シュザンヌ、そこら中に散らかしたおもちゃを片づけて！　あんまりうるさくって、もうママは頭が破裂しそうなんだから！　ねえ、ファビアン、こっちに来てくれない？　限界なの！」

ステラは声を張りあげて、夫に助けを求めた。

「森の小道　散歩に行こう……」

ジャンヌとシュザンヌが「おおかみさん」の童謡を歌いはじめたところで、「今行くよ！」と夫の大きな声が届いた。

すると娘たちがあわててどこかに隠れようと駆けだした。ふたりにとって、父親が部屋に駆けこんでくるまでの時間ほどわくわくするものはないらしい。

その隙に、ステラも部屋から逃げだした。

洗面所の鏡の前に立つと、ステラは自分の顔を見つめて言い聞かせた。やり過ごすのよ。方針を変えてはダメ。あれこれ頭に思いうかんでも、ここは大丈夫。安全な場所だから。もう十分居場所は変えてきたでしょ――もちろん、わかっている。でも逃げだしたい。ステラは自分のどこかに眠っている思いがあふれてくるのを止められなかった。近頃では、そんなことを考えもしなかったはずなのに……。やはりメールのアドレスを変えるべきだろうか。それともアパルトマンを？　いや、この街を出て、もっと遠く、どこかに移るべきだろうか――敵から完全に逃げとおすために。敵ってどういうこと！　そう、その通りだ――あたしは心のなかでそう思っていたのだ。

冷静に自分の状況を考えようとすればするほど、逆にどうすればいいかわからなくなった。「あらあら、可哀そうに」、そんな言葉が聞こえる気がした。危険が迫っているにおいにも気づかないで、どきどきしているなんて――自分がからかわれているように思える。たちまち心臓が激しく脈を打ち、胸のうちで跳びはねた。やはり〈アナイス・アナイス〉の優しいフローラルの香りを嗅いだ気がしたのは忠告だったのだ！　でもいったいどこから、そんな香りがただよってきたのだろう？《J・O・Y》――このたった三文字のアルファベットを見ただけで、香りの記憶までよみがえるというの？　ステラは思わず身構えた。これほど長い間、姿を隠してきたのに、それでも記憶から消せなかったなんて。ああ、苦しい――焼けるように熱くて、息が途切れる。喉がからからで、気管支がつぶれそうだ。ねえ、どこに入れたんだっけ――ステラはまるで麻薬中毒者みたいに、引き出しを片っ端から開けていった。ガチャ、ガチャと、引き出しを開ける音が鳴り響く。いちいち閉めてなんかいられない。洗面所にはない。寝室だ。ナイトテーブルの引き出しかもしれない。ああ、ここだ——ステラは青色の錠剤を取りだして口に含むと、息を深く吐いた。それから息を吸って、十秒数える。口のなかに金属のような苦味が広がっていく。身体がひんやりする。ゆっくりとした呼吸が戻ってきた。

ステラはまだ寝室にいた。お昼の支度はほったらかしだった。家族が揃う日曜のお昼を大切にしてきたけれど、一度だけだ、今日はなかったことにしよう。すると、夫のファビアンが寝室を覗く。ステラは、子どもたちと一緒にピッツェリアに行ってきたらどうかと夫に勧めた。すかさずファビアンが自分をからかう。それでもステラは夫の愛情を感じた。ファビアンがうっかりしている自分も愛してくれているのはわかっていた。つづいてやって来た娘のジャンヌとシュザンヌがキスを浴びせかける。結局、ジョイからのメールは画面に放置したまま、ステラは身体を休めた。

午後になっても、ステラは眠りつづけた。家族は外から戻ってきたあと、しばらくリビングで過ごしていたのだろう。娘たちがアニメを見たいと言いだし、夫のファビアンがパソコンを使おうとしたらしい。そこで偶然、画面に残っていたジョイのメールを見つけたようだ。ファビアンはメールを読まずにボックスを閉じたというが、そのメールに多少の興味はあったはずだ。実際、ジョイから届いたメールはかなりの長さだった。自分の妻宛てに、これほど長いメールを送って寄こすなんていったい誰なのか——そう考えてもおかしくない。ステラは昏睡状態から抜けだしたかのように、昼寝から目覚めた。気づけば、三時間が過ぎようとしていた。

「ジョイって誰？」

ふいに夫のファビアンの声がした。ステラはジョイについて、一度もファビアンに話したことがなかった。

「ジョイ？　昔の話よ」

ただそう告げた。


あの頃、自分の振る舞いがどんな波紋を広げるかなんて、ステラは考えもしなかった。そもそも、十六やら十八やらの年頃なら、自分のために生きているのが普通だ。是非がつかないような微妙な問題が浮かびあがってくるのは、もっとあとになってからの話だろう。船が過ぎてから、いく筋もの航跡が水面に白く残るように、不運の跡も長く尾を引くものだ。だからステラは、ジョイとふたりで踊っていたあの頃も——その先につづく道も切り捨てた。そして空っぽの世界へ飛びこんだ。切り離されたジョイが現実を受けとめきれるかどうかは考えなかった。もちろん、自分が無事に着陸できるかさえわからなかった。衝撃といっても、たぶん物体の落下音がするくらいのものだと思っていたのだろう。それに緊急の場合には、羽でも生えてくると信じていたに違いない。実際、ＳＯＳのモールス信号は聞こえなかったけれど、脳から指令が出ているのはわかっていた。それでも、ステラは助かるよりも徹底的に自分を痛めつける道を選んだ。粉々に砕け散ったまま、時間をかけて衰弱していくように自ら仕向けた。それこそ芸術だと思ったたし、そのほうが気も紛れた。

ステラは最悪の方法で、自分の人生からジョイの記憶を消そうとした。手に入る薬――抗うつ剤に、コデイン（咳止めシロップ）の大量摂取、それにエクスタシーやコカインまで、何でも口にした。薬の副作用で喘息の発作が起きるようになると、今度は煙草も吸いはじめた。初めての発作は、大学の階段教室でのマクロ経済学の授業中だった。薬に加えて、酒も浴びるほど飲み、エイズの末期患者ともコンドームなしで寝た。自分でも不思議に思うのは、あとで考え直してみても、そうした行為をやめればよかったとは思わないことだ。自分が存在できるかどうかすれすれの状態だったたし、あふれてしまわないように保つだけで精いっぱいだった。ステラは宴《フェット》を繰りかえし、死ぬほど浮かれ騒いだ。そして自分を痛めつけた。自分の好きなやり方で自ら罰を加える――その自由さが気に入っていた。すべて、何でもありだった。それが自分の選択した道であり、自分の組んだカリキュラムだった。これほど人生は容赦ないものなのに、何故、大切に扱わなければならないのだろう――ステラにはどうしても理解できなかった。それって、もう片方の頬まで相手に差しだすようなものじゃないだろうか。そんなのはあんまりだ。

ベッドから起きあがると、ステラはリビングに移動した。まだ五十歳になっていないというのに、近頃では、年老いた人のように関節の動きが悪かった。時おり、身体の内部が壊れているのではないかと思うほどだ。

寝室をあとにしたのは、もう一度、夫からあの質問をされるのが怖かったからだ。それなのに口元が自然に緩んでくるなんて——本当にあたしは嘘をつくのが下手だ。そんな自分がうまく夫の質問をかわせるとは思えなかった。実際、メールボックスに《ＪＯＹ》の文字を見つけてから、頭のなかで曲の一部が繰りかえし鳴っている。身体にある再始動のスイッチがＯＮになったのだ。分散和音《アルペジオ》に逸音《エシャペ》——バラバラと階段をのぼるように音階があがっていくピアノの音が響く。と、あの歌詞が流れだす。《Did you《ディジュ》 ever《エヴァ》 have a《ハヴァ》 dream《ドリム》 or《オ》 two《トゥ》（君だって、ひとつやふたつ夢を見たことがあっただろ）》……。自然に踵が揺れ、足が動く。ステラはその曲を流そうとスマホで検索する。一九八八年の八月以来、一度も聞いていなかった。それにヒット曲でもない——シングルレコードのB面の曲だ。曲を見つけると、音量をあげる。その一小節目が鳴ったとたん、つづく歌詞の大部分がよみがえった。

娘たちが顔を向ける。

「何してるの、ママ？」

ステラは指を鳴らし、膝と膝で拍子を取った。リズムに乗って腰を揺らすと、腿がぶつかり合い、頭が前後に揺れうごく。と、身体が勢いよく、前に飛びだした。そのまま縦横無尽にリビングを駆けめぐる。娘たちのきゃっきゃっという笑い声が、背中を追いかけてくる。十七歳のあたしがいる——そう思った瞬間、身体が軽くなった。手綱が緩められたかのように、喉いっぱいに笑い声が広がっていく。ステラはずっと歯を食いしばってきた自分に気づいた。こんな感覚を味わったのはいつぶりだろうか？　ふと、大喜びで拍手する娘たちの姿が目に入る。今度は十六歳だった自分に舞いもどって、大声で歌う。近所から文句を言われようが気にするものか。

ステラは曲に合わせて、身ぶり手ぶりを加えた。その場で飛び跳ね、いきなり駆けだすと、行ったり来たりを繰りかえしながら声を張りあげる——ぜんぶ壊しちまえ！　それから、ローテーブルにあがり、ソファーに向かってジャンプする。向こう側で、娘のジャンヌとシュザンヌが目をまん丸に見開いて驚いている。あまりにびっくりして、一瞬、身動きが取れなかったのだろう。ふたりは堰《せき》を切ったように笑いだすと、自分のあとにつづいてソファーへジャンプした。最後まで曲が終わると、ステラは娘たちのアンコールに応えた。うっとりするような幸福感に身体中が満たされていく。そして魂を震わせながら祈る——このメロディに乗って、あの〈ファンタジア〉へ行けたらどんなにいいだろうと。三十二年前の世界へ。遠い昔へ。以前に存在したすべてがある場所へ。このあたしはいったい誰なの？

ふいに記憶が十五歳の頃へと遡った。あの頃、すでにステラは周囲の変化を理解していた——胸が膨らんでからというもの、自分を見る周囲の目がすっかり変わったからだ。何よりあからさまだったのは、男性と顔を合わせたとき、まず彼らが自分の胸を見つめることだった。母親のドミノも認めていたように、なにしろあたしの胸は大きかった。娘はあんな胸をいったいどこで拾ってきたのかしら——ぺたんこの胸をしていた母親はよく口にした。それもわざわざそういう話を聞きたそうな相手に向かって——そんなとき、ステラは母親を殺したい気持ちになった。まるで魔法の杖でも手にしたかのように、娘の胸の話をこっそり自慢するのが許せなかった。そんなふうに相手の関心を引こうとするなんて、子どものやり方だ。とはいえ、生理を迎えたときとはまったく違う変化が起きていたのは確かだった。あのときは女性の身体になったとはいえ、「はじめまして」の挨拶のようなものだった。だが今回は、自分が大きな力を手にしたと感じた。あたしは円形闘技場《アレーナ》の真ん中に送りこまれ注目を浴びている。ようやく一人前に扱われて、大人ともやり合えるのだ。それに自分の力だって見せつけられる。あたしは見せものだった。熱狂した男たちが目の前で赤い旗を翻すと、空を切るような耳障りな音が耳に響く。ステラは何の恐れもなく、男たちの前へと出ていった。ごく自然な衝動だった。自分には本能的に相手を誘惑する身のこなしが備わっているとわかっていた。だからといって、いつも自分の望むパートナーを手に入れられるわけじゃない。結果として自分の好みではない相手で憂さ晴らしをするときもあった。愛情がどうこうとは思わなかったが、自分の身体が持つ威力を知りたかった。ステラはまるでサーカスの舞台の中央に置かれた人間大砲のように相手の前に突進していくと、円形闘技場の空気を支配し、大勝利を収めた。仔牛のように無防備で向こう見ずだった。相手が武器を持っているのにも気づいていなければ、何をしようとしているのかも理解していなかったけれど、自分の作戦に自信があった。仔牛のようにうつむいていたのは相手を突きあげるためだ。そして、そのまま相手に角を突きたてると、とどめの一突きを食らわせた。

ふいにステラは動きを止めた。踊りも、音楽も、すべてを中断した。どちらも長年、距離を置いてきたものだ。だからスマホのなかには一曲としてボウイの曲は入っていないし、CDやレコードも一枚も持っていなかった。もちろんカセットだって。すべて、あの出来事を境に離れた。ボウイの歌声を耳にするたび、耳たぶのそばで蝿が飛んでいるような気がして、その羽音を追い払おうとした。歌声を遠ざけるために、すぐに踵を返して、その場から移動しようとした。話題を変えようとしたり、耳に馴染んだ歌詞をかき消そうとして、わざと大きな声で話したりもした。ボウイはジョイそのものだった——それに自分たち、ふたりのシンボルだった。だからあたしは自分のなかからボウイを追いだした。死ぬほど好きだったというのに。その証拠に——メールボックスにジョイの名前を目にしたときも、さっきボウイの声を耳にしたときも、頬が燃えるように熱くなったはずだ。首元まで血液がのぼってくる——目に涙が浮かぶ。

「ママ、痛いの?」

心配そうな娘の声が聞こえた。

「大丈夫よ。ほら、こっちにおいで。ふたりとも、一緒においで」

やって来た娘たちの髪を指先で優しく梳かしながら、ステラは呟いた。

「ひっかく……」

「そっと触れる……」

「背中文字……」

「何？　背中文字って？」娘が訊ねる。

「これよ」

ステラは娘たちの背中に手を置いた。娘たちには何を書いているか見えないはずだ。いや、自分でも何を書こうとしているのかわからない。ふいに、目眩が起きるほどの愛の言葉がよみがえる……次第に目の前が暗くなり、ブラックホールが広がっていく。この三十年あまり――最後に顔を合わせて以来、ジョイから一言の連絡もなかったのに。

あたしは大ばくちを打とうとしていた。

ジョイ

　ステラと離れてからずっとこのかた、その姿を夢のなかで見られるだけで十分だと思ってきた。だが、数日前に祖母のドッティから話を聞こうと決めてから、今度は悪夢にうなされるようになった。びっしょりの汗で目覚めると、その夢が頭にこびりついたまま離れない。蛍光マーカーでラインを引いたように、『オイディプス王』の一場面が瞼にくっきりと浮かびあがる。そして週末を迎えるとすぐ、わたしは祖母のドッティのもとを訪ねた。「こんな早い時間にやって来るなんて、何があったの?」――たちまちドッティの先制攻撃を受けると、わたしは言葉を失った。なにしろ、夢のなかで繰り広げられる場面があまりにオイディプス的で説明するのに気が引けたのだ。

「それとも、私に何かあったのかしら、ねえ?」

ドッティは眉をあげると、煙草に火をつけた。ピーター・ストイフェサント——紙巻きのアメリカ煙草の吸い殻で、すでに傍らの灰皿はいっぱいだった。白い煙が繭のようにドッティを包みこんでいる。

「煙草をやめないアメリカ人はドッティだけよ」

わたしの言葉に、祖母が肩をすくめて見せる。

「私はフランス人ですもの」

「都合がいいんだから」

ドッティが微かに笑みを浮かべた。わたしは少し前から祖母の変化を感じていた。家に行くたび、まるでドッティ自身が散り散りになりはじめているみたいに、すべてがぼんやりと曖昧になっていた。ちょうどつい先日、祖母の九十五歳の誕生日を祝ったところだった。やはり、立ちあがって窓を開けにいこうか。寝酒の酔いと記憶をしゃっきりさせない限り、ドッティから素早い反応を期待できそうになかった。

「何かあったの？　どんなこと？　厄介事なの？」

思いがけず、ドッティの質問責めにあうと、わたしはたじろいだ。

「たぶん嫌なものを目にしたせいよ。露出狂がいたの。昔、小学校からの帰りに、階段室に連れこまれて以来のことだったから」

「そうだったかしら。中高生の頃、エレベーターのなかにおかしな男がいたんでしょ」

「そうじゃなくて。もっと子どものときの話よ」

「私が知っている話と違うわ」

ドッティはそう言ってから、今度はあたかも今思いついたかのように、わたしの言葉を繰りかえした。

「露出狂ね。昔、小学校からの帰りに、階段室に連れこまれて以来のことだわね」

ふと思いついて、わたしは話題を変えてみた。

「ねえ、パパはわたしと一緒のとき、どんな感じだった？」

「チキンのこと？　どんな話をしてほしいの？　そんなに思いつかないわよ！」

ドッティが笑い声を立てた。それから軽く咳払いをすると、立てつづけに咳き込んだ。わたしは嵐が過ぎ去るのを待つように、ドッティの様子をうかがった。咳が治まると、ドッティはそのままパパの話をつづけた。

「ある日ね、アパートまで私たちのあとを尾けてきた男を追っかけていったことがあったわ。たぶんリヨンにいた頃よ、ちょっと待って。あなたはもう生まれてたかしら？　警官という仕事は、人としての最も醜い部分と、しじゅう顔を突きあわせているようなものでしょう。そのせいでパパは用心深くなったのよ。あと、独占欲のほうもね」

「それはわかるわ！　できるなら、パパはわたしを鳥籠に入れておきたかったはずよ。だって、わたしに近づいてくる相手を誰も認めなかったんだから。小学校五年生のとき、友だちの家での卒業パーティーにも行かせてくれなかったのよ。十歳でパーティーなんかに行きだしたら、十二歳になったらマリファナを吸って、十三歳の頃には街で客引きをするようになると思ってたみたい」

わたしは勢いづいた。ドッティが笑い声をあげると、再び、ひどく咳き込んだ。

「そうね、あの子はちょっと的外れなところがあるわね」

「まったくよ、言いたいことはよくわかるわ」

と、またドッティの様子がおかしくなった。

「ねえ、煙草を買ってきてくれない？　あなたがこの箱の煙草を吸ったんでしょ、ミレーナ？」

「ジョイよ」

「本当によく似てるわ」

「母親にね。それはそうでしょ」

「違うわよ、ジョイに似てるのよ」

自分がジョイだと、いくらドッティに言っても無駄だった。ジョイはもっと若いし、もっと明るいし、何よりジョイは煙草を吸わない——ドッティはそう言い張った。それなのに、この箱がもう空になっているのは、ミレーナの仕業だと言ってきかなかった。

わたしなら煙草を一カートン買うために、この六階から下までいくのも訳ないことだ。それにドッティの年齢を考えれば、煙草くらい放っておくべきだとわかっている。だが、いくら高齢とはいえ、わたしには祖母を失う覚悟はできていない。誰であれ、人が自分に挨拶もせずに立ち去るなんて……。

結局、わたしは急いでいるからと理由をつけて、煙草を買いにいくのを断った。不機嫌そうに口を結んだドッティの顔が目に入る。ドッティは無言でティーポットに入ったお茶を飲みきると、貝のように押し黙った。その姿は、今朝、顔を合わせたときの様子そのままだった——萎びた貝が石のように固く口を閉ざしていた。

ふと、わたしは証人のもとに出向く警官に思いを馳せた。何も引き出せないとわかっていながら相手の家を訪ねるときには、こういう気持ちになるのだろう。すると、玄関先まで見送りにきたドッティが、何やら躊躇う様子を見せた。足元を確認したかと思うと、重々しげに部屋の外に足を踏みだした。そのまま、わたしたちは一緒にエレベーターが来るのを待った。玄関ホールからここまで、五階分の空間を難儀そうに昇ってくる音が聞こえてくる。と、木と鉄が擦れ合うような大きな音が響いた。その瞬間、エレベーターが止まった。

「私かあいつか、どっちが先にくたばるのかしら」

いきなりドッティが呟いた。

「何のこと？」

「エレベーターよ」

わたしたちは声をあげて笑った。わたしはドッティの頬に自分の頬を重ねてキスをした。再び、ドッティの声が耳に届く。

「あなたのパパは、どうやったらたっぷりの愛情を示すことができるか、その方法を学ばなければいけなかったわね。それでも、いい父親だったと思うわ」

ドッティの言葉が心に染みた。確かにそうだと思った。可哀そうなパパ――わたしの母親とうまくいかなくなって、そのまま母は亡くなってしまったのだ。つまり、ふたり分の愛情をわたしに注がざるを得なかったのだろう。

通りに出ると、わたしは例の悪夢についてもう一度考えた――年老いた男の姿が瞼に浮かぶ。タンタンシリーズの『青い蓮』に出てくるようなチャイナ帽をかぶった男が、グリーンポートのガレージのなかでわたしに覆いかぶさる。わたしはおしゃぶりを咥えている乳飲み子なのに、言葉を知っているかのように理屈をこねる――あの男の人はわたしを押し潰そうとしている。わたしは赤ん坊なのに、あの人はわかってくれない。

その場面と、べたべたする不快な感覚が、まるで虻のようにしつこくわたしをつけ回す。そのまま通りを歩きつづけると、玩具屋さんに差しかかった。ショーウインドーに映った自分が目に入る。その瞬間、稲妻のように、今まで見落としていた重要な何かが浮かびあがった――鏡を前にしたつもりで、夢のなかの赤ん坊が咥えていたおしゃぶりをそっと外す。すると、赤ん坊のわたしの唇の端に大きなホクロが現れた。淫乱ボクロだ！　身体が震えた。怯えたステラの顔がわたしの顔の上に重なる。夢のなかの赤ん坊はわたしじゃなくて、ステラだった。

わたしはステラと一緒に過ごした最後の瞬間についてじっくりと考えた。あまりに遠い過去だった。果たして、それらの記憶はわたしの呼びかけに応えてくれるだろうか？

あれは一九八八年の六月、ステラがバカロレアに合格したときのことだ。ステラは素晴らしい成績で試験をパスした。母親のドミノがステラのためにお祝いの宴《フェット》を開くと、友人たちがシャンパンを手にやって来た。ステラはいい気になってグラスを重ね、母親の部屋の扉の前で嘔吐した。何とか母親のドミノがステラを担ぎあげ、浴室に引きずり入れてシャワーを浴びさせている間に、わたしはその床の始末をした。ステラが泣きながら、同じ言葉を繰りかえす。

「恥ずかしいよ……恥ずかしい……」

そんな娘の声を聞きながら、ドミノが微笑む。とはいえ、これしきのことでは驚いていなかった。一方、わたしはその日シャンパンを口にしていなかったし、そもそもお酒は飲まなかった。それにドラッグも大嫌いだった——一度だけ、ステラにマリファナを吸わせられたが、ひどい目に遭った。あのときは、三回吸いこんだ瞬間吐き気に襲われ、床から天井までがいっぺんにぐるぐると回りだした。わたしはただただうつむいて床を見つめるしかなかった。そうだ、覚えている——四つ這いのまま、ステラの足元にしがみつき、縦揺れが収まるまで待ちつづけた。考えてみれば、わたしはいい子で、ステラはやんちゃだった。

翌月の一九八八年の七月、わたしはアメリカのグリーンポートにいた。ステラがやって来るのを待ちわびるうちに、徐々に元気をなくしていった。海辺で巨大な蛤を見つけてはレンズを近づけて撮影し、新たに発見したジョン・ファンテの小説を読んで日々を過ごした。そうした時間が長くつづいた。エイミーがニューヨークの美容学校の仲間と一緒にグリーンポートの実家に帰ってくるのも期待できなかった。それでも、母親のキャロルがエイミーのニューヨークでの住所を教えてくれたので、わたしはエイミーに手紙を書いた。すると返事が来て、エイミーがワシントンスクエアにある、潜りのタトゥーの彫り師のもとで働いている事実を知った。エイミーは手紙のなかで、わたしに何日かニューヨークの部屋に泊まりに来るよう誘ってくれた。すぐにわたしは、ニューヨークにいるわたしたち――ステラとわたしが、セントラルパークでローラースケートをしている姿を思いうかべた。それからもうひとつ密かに思いついたアイデアがあった――エイミーに赤と青の稲妻のタトゥーを肩に入れてもらうのだ。ボウイの顔にペイントを施したアルバムジャケットみたいなタトゥーをステラとお揃いで入れるのはどうだろう。エイミーの話では、週末に一度グリーンポートに立ち寄り、そのときに両親にカミングアウトをするらしい。それが終わったら、エイミーが戻るタイミングに合わせて、わたしたちも一緒にニューヨークに連れていってくれるだろうか。わたしは何としても、エイミーにステラを引き合わせたかった。というのも、エイミーにはステラの話しかしていなかった。この一年、それほどステラと密接な関係をつづけてきたというのに、七月に入ってからは会えていないなんて――わたしは文字通りステラ不足だった。ふと気づくと、自分の傍らにステラの姿を探していた。結局、パリにいるステラ宛てに電報を送ることにすると、わたしたちの憧れのボウイの歌の歌詞に重ねて、メッセージを打った――《I saw you in an ice-cream parlor（アイスクリームパーラーにいる姿を見かけたと思った）》のは、どこにいてもステラの姿を見つけてしまうから。《I'm happy, hope you're happy too（わたしは幸せ、あなたもそうであってほしい）》、だから、わたしのそばから片時も離れないで。そして《Let me sleep beside you（そばで寝かせてね！）》、朝陽が昇るまで、背中に言葉を書きつづけるから……わたしはふたりのほうがしっくりするの。

そして、とうとうステラがやって来た。不思議なのは、あれほど待ち焦がれていたふたりの時間よりも、ひとりで待っていた時間のほうが記憶に生々しいことだ。ステラと過ごしたグリーンポートの浜辺や散歩――穏やかな夏休みの日々。だが、その記憶はヴェールに覆われ、思い出のひとつひとつがぼやけている。それでも、いくつかの思い出は鮮やかによみがえった――祖母のドッティに頼まれて、ステラとふたりで淡い黄色のペンキで塗り直したリビングの食器棚。ステラに教えた、動物たちの英語での鳴き声。例えば、犬はワフじゃなくて〈ウッフ〉と吠え、猫はミャーウではなく〈ミヤオ〉と鳴き、雛鳥はピウピウとは鳴かずに〈チープチープ〉だと。それから、ステラが描いたスケッチ。三つ編みのおさげ髪を垂らしたステラとわたしが並んでいるものだ。わたしは今でもその絵を捨てずに持っている。海辺では、流木の先にエゾバイを引っかけて遊んだ。その小さな白い巻き貝がいくつも集まると、艶々したマグノリアの花が咲いているようだった。そういえば、ある晩、わたしにしつこく言い寄り、岩陰でわたしの処女を奪おうとした男がいた。まったく好みじゃなかったけれど、名前をジェイソンといってコメディアンのローラン・マグダンに似ていた。ステラがわたしの援護をしてくれて、わたしがその通訳をしながらふたりで逃げ切ったときは、訳もなく口元が緩み、笑い声が漏れた。ステラは大の恩人だ。もしひとりきりだったら、わたしは終わっていただろう。ステラには恐れるものなどなかった。お兄さんのロックがノックをしないで部屋に入ってくれば、ひどい扱いで追いかえし、通りで男たちが口笛を吹いてしつこく冷やかせば、中指を突きたてた。わたしはステラの勇気に感服した。わたしなら、ただやり過ごそうと身を縮めるだけだ。コートの襟を立てて髪の毛を隠し、邪魔者の視線を遮るくらいしかできない。だが、ステラなら相手に食ってかかるだろう。

ある週末のこと、わたしに手紙で知らせてきたように、エイミーがグリーンポートの実家に戻っていた。そして両親にカミングアウトをしたあと、浜辺でわたしたちに合流した。エイミーの話では、父親のジョンの態度がひどかったようだ。話を聞きおえると「娘を亡くしたような気持ちだ」――そう、涙ながらに告げたらしい。だが落ち着きを取り戻すやいなや、今度はエイミーにここから立ち去るように命じたという。当のエイミーは疲れ果てていた。その話を聞いてわたしは動揺した。思わず自分の姿を重ね合わせたものの、パパはエイミーの父親ほど厳しい態度は取れないだろうと思った。わたしはラッキーなほうだ。

「何の話をしてるの？　ねぇ、なんて言ったの？」

エイミーの話がまったく掴めないステラは苛立っていた。わたしは話を要約して伝えたけれど、すぐにむしゃくしゃしたステラの声が返ってきた。

「ごめんなさいね、マダム！　バイリンガルじゃなくって」

まったくステラの振る舞いはお子さまだった。これじゃあ、リボンを結んだおさげ髪にサロペット姿の見た目と同じだ。十八歳だというのにまるで子どもみたいだった。その晩、わたしは今までと違う目でステラを見つめた。ステラの振る舞いをばかげていると思ったのは初めてだった。と同時に、そんな思いを抱いた自分にたじろいだ。

わたしたちは焚き火を囲んでマシュマロを焼いて食べるつもりだった。ステラはわたしとエイミーのために、その役目を買ってでてくれたのだろう。だが、そのマシュマロはうまく焼けずに、溶けて落ちた。わたしはわざわざステラに手本を示した。どうやったら外側はこんがりきつね色で、中はとろっと溶けそうな具合に焼けるかをやってみせる。と、ステラがマシュマロを刺した串を火のなかに投げすてた。ステラはもう帰りたかったのだろう。それに寒かったのかもしれない。でも、わたしはその気持ちに気づかないまま、乱暴な言葉を口にした。

「もう引っ込んでてよ、邪魔なんだから！」

その瞬間、まるでビンタを食らったかのように、ステラがわたしを見つめた。わたしはすぐに後悔した。どうしてうっかりあんな言葉を口にしたのだろう。ステラを引き止めようとしたけれど、すでに背を向けたあとだった。そのまま振りかえりもしないで、ステラは浜辺から去っていった。ぜんぶ、エイミーの目の前で起きたことだった。エイミーのほうが遥かに深刻な問題を抱えているというのに、わたしは申し訳ない気持ちでいっぱいだった。

「ごめんね、あんな態度を取るなんてわかんないよ……」

「嫉妬してるんだよ」エイミーが言った。

「何に？」

「ジョイに恋してるからだよ。気づいてないの？」

「そんなわけないよ！　だって、親友なんだよ」

わたしはエイミーの言葉を笑い飛ばした。

「まぁ、ジョイがそう言うんなら。あたしはそうは思わないけどね。そのうち、あの子の態度がおかしくなって、わかるでしょうよ。さぁ、家に戻ろう」

その翌日、わたしたちを置いて、エイミーがニューヨークに帰っていった。ステラの機嫌はすっかり直っていた。わたしが頭に描いたニューヨーク遠征の計画は幻想に終わった。その夏、わたしの記憶では、それきりエイミーはグリーンポートに戻ってこなかったはずだ。

そして九月になると、わたしは高校《リセ》の最終学年を迎え、翌十月にはステラがパリ第一大学の政治学部の大学生になった。互いに内緒で髪を切っていたと知ったのは、ずいぶんあとになってからの話だ。わたしの場合は、六区にあるミニシアターの〈アクション・クリスティーヌ〉で『存在の耐えられない軽さ』を観たあと、ジュリエット・ビノシュに憧れて髪型をボブにした。その当時、わたしたちはほとんど顔を合わせる機会がなかった。そうした変化を、わたしはステラが大学生になって新しい生活を始めたせいだと思った。とはいえ自分にも変化があった。わたしは新たに出会った男の子——ジュアンのことで手いっぱいだったし、学校が終わったあとは、クラスメートと一緒にカフェで過ごした。時おり、ステラがいなくても楽しんでいる自分にはっとした。

原因があるとすれば、いつだって電話をかけるのはわたしだったうえ、ステラとの会話そのものが楽しめなくなっていたせいだろう——ステラはひどくせかせかしていたし、大学生活にどっぷりだった。ファンタジアに足を踏みいれるなんて考えられない様子だったし、音楽さえ耳障りみたいだった。ステラの家で宴《フェット》があっても、わざと酔いつぶれ、母親のドミノの友人たちにもうんざりしているようだった。いずれにせよ、ステラと一緒にいるのは地獄のように苦しかった——何も進まなければ、何もできなかったからだ。わたしは、ステラが抱える問題の一部が自分にある気がしていたものの、さらに状況が悪化するのを恐れて確かめる気になれなかった。

ある昼さがりのこと、わたしはステラを迎えに、十三区にあるパリ第一大学のトルビアック校に向かった。すると、学内で女の子たちと挨拶のキスを交わしているステラを見つけた。相手はステラとはまったく違うタイプで、転びそうなピンヒールにハンドバッグをぶら下げている女の子たちだった。けれど、ステラのほうも雰囲気が変わっていた。金髪にした前髪をバサッと額に垂らし、あのサロペットともおさらばしていた。ステラや女の子たちを前にすると、自分がまるで十二歳の女の子みたいに思えた。

わたしは思い切って、髪をオキシドールで脱色したのかとステラに聞いてみたが、ステラは肩をすくめて嘘をついた。

「そんなんじゃない。日に焼けたんだよ」

その言葉にわたしは傷ついた。と同時に、大学の新たな仲間が羨ましかった。ステラの話しぶりや優しい仕草から、女の子たちと親しくしているのが伝わってきたからだ。ステラが自分に興味を持ってくれなくなったらどうしよう。だから、今度は自分の番だとでもいうように嘘の打ち明け話をしてみた。「ピルを飲むのを忘れちゃったから、妊娠しちゃうかな」と。わたしにとっては、「ねぇ、わたしも卒業したんだよ」と告げるのと同じつもりだった。あからさまじゃなく、ちょうどいいタイミングで伝えられると思ったのに、ステラが返してきたのは冷たい言葉だった。

「そんなの堕ろせばいいじゃん。それだけでしょ」

そうした経験がすでにあるのか訊ねると、ステラは不機嫌そうな顔で頷いた。口を開く気はなさそうだった。わたしもそれ以上は聞かなかった。

それから数週間が過ぎた頃、ステラの母親のドミノから電話があった。電話口のドミノは娘のステラを心配していた。ステラは大学にもまったく行かなくなり、一日中、部屋に閉じこもっているという。わたし以外には誰にも会いたくないと言っているらしい。ともかく、わたしは急いで駆けつけた。自分がステラの役に立てる、〈ヴィラ・アドリエンヌ〉の家にまた行けると思うと嬉しかった。家の前で呼び鈴を鳴らすと、すぐにステラが扉を開けた。その足元には飼い犬のゾーイも控えていた。ステラと一緒に扉の後ろで待っていたのだろうか。なかに入ると、ステラがわたしの手を取って部屋へ連れていく。その手はひんやりと冷たく、その顔色は、パパが中国旅行のお土産に買ってきた磁器製の少女の人形みたいに青白かった。リトル・チャイナガール——パパはわたしが子どものときから、仕事で出張するときも、祖母のドッティ風に言えば、メンドリと合流するときも、さまざまな国や地方の人形をお土産に買って帰ってきた。パパがプレゼントしてくれた人形は、わたしの部屋のガラス戸棚のなかに並べて飾られていた。わたしは眠りにつく前に、ベッドの正面の棚を覗きこんで、そのひとつひとつを丹念に観察した。白いかぶりものを頭につけたブルターニュ人形や、腰布をつけたタヒチの人形、白い手袋をした英国女王の人形……なかでも、中国の少女を象ったものは、最も希少価値のあるアンティークの人形だった——一番高価なうえ、繊細な作りをしていた。背筋を伸ばして椅子に腰かけた少女が、ひとつに結った三つ編みを片側に垂らしている。片方の手に持った手鏡を覗きこむ姿は、あたかも髪を整えているかのように見えた。時が経つにつれて人形の魅力が薄れていくと、わたしはコレクションのひとつを手放し、同じように別の人形も手放していった。だが、中国の少女の人形だけは別だった。わたしはその子に、中国語で娘を意味する言葉の一部分を取って、〈Ni〉《ニー》と名付けて大切にした。どこに引っ越そうが、アパルトマンのなかにはいつも〈Ni〉の居場所があった。幸せだった子ども時代を通して、わたしの気まぐれに追いやられることなく、生き残ってきた人形だった。だから、わたしはステラとも離れられないのだろうか？

　わたしが久しぶりに〈ヴィラ・アドリエンヌ〉を訪ねたのは日曜だった。ステラとわたしは部屋のベッドに座って紅茶を飲んだ。燻したようなお茶の香りがふっと立ちのぼる。ステラはベッドの隅っこで両手で膝を抱え、身体を丸めていた。コートを頭からすっぽりかぶった姿は、自分の部屋で寛いでいるというよりも、束の間の休息を取っているようだった。ステラに引きずられるように、わたしもコートを着たまま、その言葉に耳を傾けた。時々、思い出したように、言葉の断片がステラの口を突いてでる。わたしは頭のなかで、その断片をつなぎ合わせ、必死で解読しようとした。ステラの口調はいつもと違った。唇をほとんど動かさず、歯の隙間から低い声が漏れ、まるで独り言を呟いているみたいだった。どうやら、ステラは大学の地政学の講義中に息苦しくて集中できなくなり、教室を飛びだしたらしい。もう数週間も前の話だった。そのまま外の空気を吸おうとかなりの時間を散歩しているうちに、自分がどこにいるのかわからなくなったようだ。歩いて家まで帰ろうとしたものの、帰り道の見当がつかなくなって何度も引きかえした。だが、毎回セーヌ川に突きあたるうちに、迷い道のループから抜けだせないような気がしてきたのだという。そこで公衆電話のボックスのなかに避難して、夜になるまで待ってから、〈ヴィラ・アドリエンヌ〉に電話をして助けを求めようとした。でも、電話口に出たのはゴンゾーで、母親のドミノは家にいなかった。ステラはゴンゾーに迎えにきてほしいと頼んだけれど、生憎ゴンゾーは空港へ向かわねばならず、代わりに別の男友だちを迎えによこした。相手はステラの知らない人だった。ゴンゾーの友人は優しかったが、ステラはその車のなかに乗りこむことができなかったという。その人とお酒を一杯そして二杯と飲むうちに、気分はよくなったものの身体の感覚が消えていくような気がして、「確かめよう」と思いついたのだと言った。どういう訳か、ステラは何度も「確かめる」という言葉を繰りかえした。それから再びゴンゾーの話に戻ったのだが、わたしにはステラの話の内容がさっぱり理解できなかった。ステラは「彼と寝た」と言ったが、その彼がゴンゾーなのか、それともゴンゾーの友人なのか、どうにもわからなかった。ただステラは「そんなことはどうでもいい」と言った。そう何度も繰りかえし、母親のドミノも知らないはずだと呟いた。わたしはステラの話を聞いてがっかりした。おそらく多少の嫉妬もあったのだと思う。ゴンゾーやその仲間たちとの関係は、ステラやわたしが普段接する世界とは別のものだった。わたしにとって神聖な世界だった。夕べを過ごしたヴィラ・アドリエンヌの空間や、濃縮された蜜のような知識を手に入れる時間が特別であるように、わたしたちがその仲間に入ることができたのは、観客やエキストラとしての価値を認めてもらっていたからだ。わたしにとってゴンゾーや仲間たちとの付き合いは、人生を速修コースで学んでいるようなものだった。ああ、なんて運がいいのだろう——そう思ってきたのに、その契約をステラが破棄した。唯一無二の、貴重な関係を保っていたバランスが一気に崩れたのだ。ほとばしる知性を持つ男性陣と、知識に飢えた若い娘たち——こうした関係がどこかほかの場所に存在するとは思えなかった。

その一方で、ステラが混乱している状況も理解できた。わたしがステラの立場なら、すべてを台なしにした自分を恥じるだろう。それに口にはしなかったけれど、わたしはステラを残念に思った。ステラの行為はあまりに凡庸で、俗っぽく、無意味だった。すると、ステラが近頃襲われるという不安の発作について語りはじめた。わたしには発作がどんなものかわからなかったが、真っ先に頭に浮かんだのは、デ・パルマの映画『キャリー』のシーンだった。頭に血を浴びせられたステラがあらん限りの叫び声をあげる——そんな最悪のイメージだ。そういえば、この映画を見たのはステラとふたりで踊りに行った帰りだった。あのときは、怯えるわたしをステラがからかっていたはずだ。ステラの話では、小さな紙袋を口にあてて、そのなかの空気を数分間吸いつづければ発作は鎮まるらしい。自分が吐き出した二酸化炭素を吸うことで、血液中の酸素濃度を調整できるというのだ。ステラは事もなげに言うが、これほど激しい精神の浮き沈みに立ち向かえるステラに、その逞しさに衝撃を覚えずにはいられなかった。それに比べて、わたしはなんて浮き沈みのない穏やかな気質をしているのだろう。ステラの人生は、わたしよりも遥かに振り幅の大きな人生だった。

ステラとわたしはずっとボウイの音楽を聴いていた。ターンテーブルの上で回っているのは『Low《ロウ》』のアルバムだ――レコードの針が進むにつれ、ふたりの間のわだかまりも消えていく。わたしはステラをきつく抱きしめた。ステラは静かに泣いていた。「あたしにはジョイしかいないよ」――ステラの声が耳に届く。母親のドミノにも言えない、ましてや、離れて暮らす父親や、兄のロックになんて話せるわけがないと呟く。大学の女の子たちは頭が悪くってつまんないし、それにゾーイが相手じゃ限界があるよ、だってブルドッグなんだもん――ステラが顔をあげた瞬間、笑い声が弾ける。わたしには、その笑顔が眩しかった。それからステラがカメラを取りだすと、わたしの横顔を写真に撮った。黒いダッフルコートの襟を立て、『Low』のアルバムジャケットみたいに横を向く。その写真を撮り終わると、今度はわたしがステラのポーズを指定する。コートを脱いで、ロングワンピースにブーツ姿のステラがベッドに横たわり、『世界を売った男』のジャケットのボウイのようなポーズを取る。一枚だけトランプを指に挟み、残りのカードは床に撒き散らす。なんて悲しそうな表情をステラはするのだろう。これじゃあ、わたしたちの世界を売った女みたいだ。

その次の記憶は、ある冬の朝まで飛ぶ。ステラが「結婚する」と連絡をよこし、わたしは唖然とした。お相手が誰かも知らなかった。だが、ステラははっきりした説明を避け、相手は自動車教習所の教官をしているとだけ答えた。ステラの家の近くの教習所で教えているらしい——それって何？　ステラの教官だったの？　わたしにはそれ以上何もわからなかった。ステラの話では、大学には戻らず一年間休学するという。〈ヴィラ・アドリエンヌ〉の家で会ってから数週間、ステラが再びわたしの前から姿を消しているうちに、ふたりの溝が広がった気がした。もうこれ以上、見ないふりをして、怯えたまま顔を覆っていてもどうにもならない——まるで管制塔との連絡が途絶えた宇宙飛行士のように、みるみるステラが遠ざかっていく。《Can you《キャンユ》 hear me《ヒアーミ》, Major Tom《マイジャトム》 ?（トム少佐、聞こえますか？）》——わたしは悲しかった。どうして一緒にいるはずのコックピットから、知らぬ間に追いだされる羽目になったのだろう？ねえ、ステラはどの惑星に向かって漂流しているの？

　それでも、わたしは自分のいいように解釈した。ステラはほんものの友情の証しとして、わたしに結婚式の証人を頼んでくれたのだ——そうやって自分を安心させようとした。おそらく今までの一心同体といってもいいような、わたしたちの関係が子どもじみていたのだ。つまりようやくわたしたちにも人生に向き合う時期がやって来たのだろう。それにステラには何かしら役割を演じるのが好きなところがあった。祖母のドッティが可愛いと思うような女の子にもなれたし、年をとった独身男にも遠慮しないような、生意気な小娘にもなれた。優秀な学生、親友、今度は若い妻にだって……ステラはほとんど違和感を抱かせずに、ある人格から、別の人格へするりと移行する。そのうえ相手が自分に望んでいる役割を演じるのを隠そうともしない。「あたしはお見通しなんだから」と、自分が演じているのをわざわざ周囲に知らせたがっているみたいだ。本当は「あたしのことをしっかり見て」と言いたいはずなのに――わたしにはわかる。賭けたっていい。

わたしはステラ側から、前もって準備するものについて書かれた手紙と一緒に、結婚式の招待状を受けとった。記載された日取りまで、あと一カ月――式にはターコイズブルーのドレスを着用と記してあった。ステラは介添役や証人の女性たちのドレスをターコイズ色に決めたようだ。でも、そんな色を選ぶなんて驚きだった。まったくステラらしくない。とはいえ、ステラがこんなにも早く、しかも若い年齢で、身を固める決断をしたことについてとやかく言うつもりはなかった。わたしがのけ者にされたからといって、文句も言うまい。ステラを尊重し、認めているからこそ、本人の希望に沿おうと考えた。親友だろうが相手に何の相談もなく物事を決める権利もあれば、実行する権利だってある。もちろん、失敗する権利だって。だから、わたしはおとなしくステラの要求を満たすようなドレスを探そうとした。まったくうんざりするような希望だけれど仕方ない。ただ後悔しているのは、ステラの大学の件だ。結婚の話を聞いてから何カ月もあったのに、ステラが大学を辞めると決めるまで、こちらから何の手助けもできなかった。わたしは将来ジャーナリストを目指そうと決めて、夏のバカロレアのために授業に集中していたし、あいかわらずジュアンにも時間を割いていた。

この時期を境にして、わたしたちは何故これほど短期間のうちに離れ離れになれたのだろう？　それが人生というものなのか？　まるで脱皮するかのように、人は数々の出会いを手放していくのだろうか？　十六、七の年頃だったわたしには、この疑問に答えるすべがなかった。経験と呼べるようなものは何ひとつなかったけれど、本当の死でなくとも、別れもまた死のひとつの側面だとするならば、ステラがずっと不在を繰りかえしていたのは、わたしの母親のような状況——常に逃亡していたということなのか。結局のところ、わたしはこの危険な状況を最後まで直視しようとしなかった。放っておいたら手遅れになる。ステラへの想いの根っこの部分に深い裂け目が覗いているのに、見て見ぬふりをつづけた。

ステラの結婚式の日取りが近づいていた。わたしのもとにそっけない案内状が届いた。ステラの名前は括弧に入れられ、見覚えのない名前がふたつ並んでいる。

このたび、（ステラ）アノン・サヤヴォンとフェン・タマヴォンは結婚式を挙げることになりました……。

教会にて——その案内状に記された結婚式の場所にも驚いた。わたしの知る限り、ステラの周囲には誰ひとり信者などいなかったはずだ。わたしは思いもよらぬものを絨毯の下から見つけた気分だった。その戸惑いを消し去ろうと、取り憑かれたように勉強し、受話器を手にしようともしなかった。そのまま日々が過ぎていった。わたしはジュアンに、結婚式に一緒に参列してほしいと頼んだ。そして当日、わたしたちは地下鉄《メトロ》とバスを使って、パリに隣接するモンルージュ市へ向かった。ジュアンはミュージシャンの友人から借りたラメ入りのスーツに身を包み、わたしは空色のチュチュにレオタードのようなトップスを合わせた。自分で言うのも何だが、よくそんな服装が見つかったと思う。ぴったりしたトップスに身体を締めつけられると、五歳のときに初めて行ったバレエのレッスンの記憶がよみがえった。結婚式が行われたのは六月だった。眩しい陽射しに身体が汗ばみ、太陽の責め苦に遭っているような気がした。ステラを知らないジュアンの足取りは重そうだった。わたしはステラを、ふたりの友情を思いうかべて、ジュアンに「大丈夫だから」と言ったけれど、すでに最悪の事態を予感しているかのように心は落ち着かなかった。

教会の広場に到着したとたん、わたしの姿を目にしたステラの家族が狼狽えているのに気づいた。それでも、隣にいたステラに比べればましだった。ステラは固まっていた。『ある皇后の運命の歳月』のなかのエリザベート妃のように、ふわふわした白いウエディングドレス姿で立ち尽くしていた。わたしはドレスのほうに気を取られて、すぐにはステラの様子に気づかなかった。それから先についてもあまりにあっという間の出来事で、いったい何が起きたのかを把握するのに数時間かかったほどだ。さらに言えば、このシーンを振りかえるまでに何年もの月日が必要だった。そして、その先もずっと、わたしの頭のなかに解決できない問題として居座りつづけた。

教会のなかに入っていく一団は銀行家のような雰囲気だった。ステラはその先頭で夫となる男性──フェンの腕を取っている。きっちりと刈り上げられたうなじが目に入るだけで、相手の男性の顔は見えなかった。背の高さはステラより僅《わず》かに高く、濃紺の三揃いのスーツを着ている。後ろからわかるのはそれくらいだ。何故なら、ステラは相手を紹介してくれなかったし、教会のなかでは正面からの姿を見るのは難しかった。わたしとジュアンは遠慮がちにステラの後ろにつづいた。誰ひとり、わたしたちに声をかけてくれなかった。当然ながら、ステラの母親のドミノと兄のロック以外に見知った人もいない。列席者のほとんどはアジア系の人々で、ゴンゾーもほかの仲間たちも見当たらなかった。

すべての列席者が長椅子に着席していた。わたしはステラの証人として、どこにいるべきなのかわからなかったので、ともかくステラの近くに行こうとした。自分が場にそぐわない滑稽な服装をしていると薄々気づいていたし、朧げながらそのときの状況も覚えている。わたしの姿を見たステラが、大きな口を開けたまま声を出せずにいた。肝心なことをすっかり言い忘れたような顔つきだった。わたしの肩に誰かが手を置いた。振りかえると、ステラの母親のドミノがいた。ドミノが優しくわたしの肩に手を回し、出口へと誘っていく。背後から、ステラの兄のロックの大きな声が響く。

「始まるよ、ママ!」

わたしはドミノの力に抗って、その場に残ろうとした。すると、わたしの肩を押すドミノの力が強まった。耳元で囁くドミノの声が届く。

「出ていってちょうだい。あとで説明するから、今は行って。ジョイ……」

教会の扉がわたしの目の前――いや、わたしたちの目の前で閉まった。傍らには、呆気に取られたジュアンがいた。これですべて。ほかには何も覚えていない。その翌日も、翌々日の記憶もない。ただ来る日も来る日も、郵便受けの前にいた自分の姿を覚えている。まるで自分自身の亡霊になったかのように、ふと気づくとその場にいた。ステラのいない新しい生活を、わたしは当て所なく彷徨いつづけた。その苦しみに打ちのめされるうちに、結婚式の日の状況を理解しようともしなくなった。ステラの母親のドミノからの消息もなければ、ステラからの便りも二度となかった。


わたしは長い間悔やんでいたが、その思いは次第に悲しみへと変わっていった。さらに時間が経つと、さまざまな疑問を頭に浮かべたところで、もはや手遅れだと考えるようになった。それでも、人生の節目節目にステラとの最後の場面について誰かに話をしたのは、何か相手から納得できる説明をしてもらえるのを期待していたのだろう。だが話をするたび、あれは夢だったのではないかと思うようになった。夢のなかなら、筋の通った行動を取る人が誰ひとりいなくてもおかしくはない。その一方で、わたしをよく知っている人々は――エイミーのようにステラがひどい仕打ちをしたのだと感づく場合もあるけれど――たいていは、どうしてわたしが真実を突きとめようとしないのか、理解できないようだった。ただ、わたしはそういうタイプじゃない。確かに、何でも許されるような恋愛関係とは違うのだから、友人として説明を求める権利はあるだろう。恋愛ならば、どんなにつらくても、いきなりの別れ話を受け入れざるを得ない場合もあるかもしれない。とはいえ、どれほどの恋人が別れを切り出されたあと、怒りもせず状況を受け入れ、その翌日以降も連絡を取らずにいられるだろうか？　わたしの場合は、もう一度ステラに拒絶されるのが怖かったから、問い詰めるのを避けた。ただそれだけだ。向こうが同様にだんまりを決めこんだのは、わたしの想いが重すぎたからだろう。わたしはステラを愛しすぎた。だから理由を突きとめようとせず、記憶が薄れていくのに任せた。その結果、ステラとの別れの謎はわたしの心のなかに根を下ろした。

そうして、あの頃話していたように、わたしはルポルタージュ専門のジャーナリストになりあらゆるジャンルのテーマを調査する人生を過ごしてきた。丹念に調べあげ、探しまわって、見つける——これがわたしのやり方だ。この分野において、自分にそれなりの能力があるのはわかっているが、けっしてむやみな調査はしない。自分には第六感ともいうべき、勘所が備わっていたから、なんとなくの追跡もしなかった。

だから、今回は自分の同僚だとか隣人だとかの目で、ステラを見つめ直そうとした。時おりは友人の視線になるものの、感情の揺れを抑えきれないわたしとは違って、一目置かれている同僚や、信頼のおける隣人の視線で見つめてみる。するとステラが色褪せて見えた。それでも、もう少し近づいて、それぞれの関係性を尺度に判断してみたところ、ステラの大枠は変わっていなかった——あの頃のまま、原形をとどめている。わたしの理想だ——その懐かしい思い出のなかに、わたしはどっぷりと浸った。

ステラが結婚した夏、わたしはバカロレアの試験を終えると、ジュアンと一緒にグリーンポートに向かった。夏休みを一緒に過ごす相手が親友から恋人へと代わった。これが大人になった証しなのだろう。

グリーンポートへ向かうロングアイランド鉄道のなかでも、わたしはジュアンとずっと手をつないでいた。だが、頭のなかではステラを——行方不明になった友を想った。駅には、祖母のドッティが迎えに来てくれたけれど、ドッティが運転するランドローバーで家に向かう途中も、わたしはステラを想った。海で初泳ぎをしようと、海岸につづく木の階段を下りていくときも、ジュアンと一緒に海に入ってキスしたときも——ひんやりとしたジュアンの唇、塩っぽいキスの味も覚えているけれど、頭のなかにはステラがいた。ふいに、前の年の夏、焚き火をした夜の浜辺でエイミーが口にした言葉がよみがえる。ステラは、ジュアンとのような関係をわたしに望んでいたのだろうか。こちらが気づかなかっただけで、何か段階的なサインのようなものがあったのだろう。それなのに見逃したのだ。わたしはステラと一緒に歩き回った場所に手がかりを求め、去年の思い出をひとつひとつたどっていった。

その年の夏、パパは初めてグリーンポートに来なかった。仕事が忙しそうだったが、おそらく恋愛が理由だったのだろう。当時、パパはサンドリーヌという女性と付き合っていたようだ。ふたりに出くわした祖母のドッティが、どこにでもいそうな相手だと言っていたのを覚えている。それとも、パパがやって来なかったのは、娘の恋人のジュアンと顔を合わせるのを避けるためだったろうか？　いずれにせよ、パパがいなくともわたしに不満はなかった。ジュアンとわたしは二週間の日々を祖母のドッティと一緒に過ごした。ドッティの機嫌はよかったし、わたしの素晴らしいスペイン語——ギターに合わせて歌う「ベサメ・ムーチョ」にもうっとりしていた。近所に住むキャロルとジョンの夫妻は、わたしたちをバーベキューに呼ぶと、釣りあげた魚を振る舞ってくれた。だが、その場にエイミーの姿はなかった。あいかわらず、父親と仲直りをしていなかったとはいえ、絶縁したわけではなかったのだろう。それから数年後には、グリーンポートでの短い滞在のためにひとりで帰ってくるまでになったのだから。ただ、その先も、父親のジョンからエイミーのプライベートの話を訊ねたりはしなかったようだ。エイミーが母親となり、女性と結婚しても、それは変わらなかった。きっと家族のうちでは、気まずくなる話題を避けていたのだと思う。わたしは誰よりも早くそうした状況を知っていたとはいえ、伝えられない事実があることに言いようのない悲しみを覚えた。

グリーンポートではエイミーと会えなかったものの、前年とは違って、わたしはゲストとしてニューヨークを探索させてもらった。エイミーが自分の部屋《ステュディオ》を貸してくれたので、わたしはジュアンと一緒にアスター・プレイスにあるエイミーの部屋で寝泊まりした。その代わり、エイミーは自分の彼女の家で過ごした。エイミーの彼女のローリーはカリフォルニア生まれで、こちらが眩くなるほどの笑顔の持ち主だった。ショートパンツに、ラジカセを肩に担いでローラーブレードをする姿は、まるで自由の女神みたいだった。ローリーが貸してくれた〈ハードロックカフェ〉のロゴTシャツはわたしの大のお気に入りとなった。ノースリーブだったおかげで、右の二の腕のタトゥーを思う存分見せびらかせたからだ。赤と青の稲妻――エイミーに入れてもらったタトゥーは、ボウイのフェイスペイントと同じ、あの有名な模様だった。エイミーの師匠がやっている潜りのアトリエに出向くと、師匠のヴィトがタトゥーについて自慢げに捲したてた。ブルックリン出身で、イタリア系アメリカ人の師匠が仕事としてタトゥーを選んだのは、シンプルかつ適切な理由――つまり、職業としての彫り師が禁止されていたからだということ。もっとも、わたしが腕にタトゥーを入れたのは、ふたりの別れを模様に閉じこめることで、心のなかではステラと結びついていられると思ったからだ。だが、一緒にアトリエに行ったジュアンにしてみれば、ボウイのファンではないのだから、自分たちふたりを象徴するようなデザインを選びたかっただろう。でも、わたしは耳を貸さなかった――それしかない。ほかの選択肢などあり得なかった。タトゥーを入れてもらうときも、マリファナを勧められたが断った。針が打ち込まれ、皮膚の下にインクが入っていく間も、その痛みに耐えて、涙を流すほうがいいと思った。青春なんて絵空事だし——友情だって期間限定の契約だ。それでも周囲の人々はわたしとステラの関係のなかに足りなかったものを探し、それが何なのか特定しようとした。そして見つけられない場合は、代わりに自分の相手への変わらぬ気持ちを約束し、世の中の荒波に向かっていくために、それぞれが相手の鎧兜になろうと考えた。とはいえ、一旦困難を乗り越えるか、あるいは挫折を認めたあとは、その鎧も兜も脱いでしまうものだ。わたしはタトゥーを入れたこの日、ステラとふたりの日々を諦めたのだろう。つまり、この先も永遠にステラのいない日々がつづいていくのだと悟った。

「まったく！　なんて辛気くさい顔してるんだよ！」

ふいに、ジュアンの恨めしそうな、それでいて浮かれているような声が耳に飛びこんできた。マリファナのせいだ——ジュアンが堪えきれずに笑いはじめる。タトゥーのデザインは決まったようだが、わたしを驚かせたいと思っているようで教えようとしない。その晩、ジュアンが部屋でハワイアンシャツの前をはだけると、ラップが巻かれた胸元にエイミーの師匠のヴィトが彫ってくれたタトゥーが浮びあがった——血のように真っ赤なハート模様。よく見ると、血のしずくで〈Ｊｏｙ〉の文字が象られている。

「もう、ばかじゃないの！」

「そんなふうに言うなよ、僕の愛だよ。それに〈Ｊｏｙ〉の名前は入っているけれど、ジョイであると同時に、そうじゃないとも言えるんだからさ。ジョイが僕の前からいなくなったときは、名前じゃなくって〈喜び〉という意味のほうってことにするよ」

　グリーンポートでの夏休みを終えて九月に入ると、それぞれの生活が始まった。わたしはパリでグランゼコールに入るための準備学級に通い、ジュアンは歴史学を学ぶためにバルセロナへ旅立った。いつの間にか、その距離と同じようにふたりの心は離れていった。今でも、あのとき入れた小さな稲妻のタトゥーはそのまま残っている。多少、色は薄くなったけれど、わたしの右の二の腕には稲妻がいる。だが、若き日のわたしへの愛が詰まった、あの大きなハートのタトゥーのほうはどうだろう？　それに〈喜び〉という〈Ｊｏｙ〉の文字は？

　わたしがボウイの音楽を聴くのを一度もやめなかったのは、どの歌詞のなかにもステラの姿が描かれているように感じたからだ。相手を忘れなくても、別れられる。あれからも幾度となく〈ヴィラ・アドリエンヌ〉の前を通ったけれど、ステラの家の呼び鈴を鳴らすまではしなかった。失敗をしでかしたのが自分のような気がしていたし、なんとなく後ろめたさもあって、いつも足が止まってしまった。そうして長い年月をかけ、わたしは間違ったやり方で心の傷口を焼灼《しょうしゃく》してきたのだろう。そうだとしても、流れる血を止められないまま生きていかねばならなかったし、愛するのをやめるわけにもいかなかった。そんなわたしにとって、ボウイの「Ｔｉｍｅ」はお気に入りの曲になった。いつだって〈時間〉はそっと待っていてくれたし、ボウイが聞かせてくれる歌に飽きることはなかった。

　あれは一九九〇年代が終わろうとしていた頃だ。〈ヴィラ・アドリエンヌ〉のかつての住人のひとり――キングと顔を合わせた。その頃、わたしはある放送局に、主要なルポルタージュ番組のアシスタントとして雇われたばかりだった。番組で少数民族のひとつ、モン族の迫害についての調査を担当すると、わたしの頭にステラの面影がよぎった。ステラの父親の国――ラオスが迫害の舞台だったからだ。その番組は、わたしの初期の仕事のなかでも、重要かつ、興味をそそられたもののひとつだった。仕事一色の日々のなかで、わたしには真面目に付き合う恋人もいなかった。その当時、どれほど似たような質問が仲間うちで繰りかえされたかわからない――「あいかわらず、ちゃんとした恋人はいないの？」ひとりが訊ねると、その片割れがこう慰める――「心配しなくて大丈夫、そのうち現れるわよ！」――だが、わたしの前に現れるのは、あふれんばかりの創造的エネルギーを生みだす対象のほうだった。わたしは何でも知りたがり、理解したがるうえに、あらゆるテーマに興味を持った。だから、ステラの母親の古い友人だったキングと出くわしたときも、ステラの謎を解明する手助けをしてくれるはずだと思った。その願いを聞き入れてもらえるに決まっている――そう信じて疑わなかった。

わたしはキングとかたく抱き合った。キングについての思い出はたくさんすぎるほどあったのに、向こうはわたしを思い出すのさえ難しそうだった。そう感じたのはどうしてだろう？ドミノと娘のステラの消息を訊ねたときの返事が巧みな言い逃れに思えたせいだろうか。キングが詳しい説明をしようとせずに込みいった話で終わらせようとしたからか。わたしやステラが読みふけっていた雑誌の『アクチュエル』は廃刊し、そのタイミングで〈ヴィラ・アドリエンヌ〉にいた当時のメンバーたちとも離れ離れになったらしい。キング自身も新たな生活を始め、今や新米パパだと話すと子どもの写真を取りだした。スピード写真の〈フォトマトン〉のブースで撮った丸々した赤ん坊と一緒の写真は、いつまで経っても見終わりそうにないほどの枚数だった。それでも、わたしは最終的にステラの母親のドミノが引っ越した話をキングから聞きだした。〈ヴィラ・アドリエンヌ〉の家が売却されたのが理由らしいとわかったものの、どういう状況だったのかは説明してくれなかった。それとなくステラの結婚の話を仄《ほの》めかしてみたけれど、キング本人は事情をほとんど知らされていないようだった。そして「さらば」とでも言うようにキングが手をあげると、「あのステラって子は、すごいエンジンの持ち主だったよ」と締めくくった。わたしは狐につままれたような気分だった。円筒状の巨大なエンジンの上にいるステラが超高速で空を飛んでいる姿が脳裏をよぎった。わたしは見当違いの質問をしたのだろうか？　その日、若き調査員としてのわたしの自信はものの見事にうち砕かれた。それからも幾度となく、放送局の廊下でキングと顔を合わせたけれど、向こうはわたしとは何の関係もないといった素振りを見せた。だから、こちらもそのままにした。仕事のなかで学んだやり方とは違うけれど、深追いする気はなかった。そうしてステラの謎は闇のなかに閉じこめられたままになった。

ステラ

幾年もの月日が流れるうちに危険な状態は遠ざかっていった。ステラはかつての自分を——まるで黒い空気をまとっているかのように、身体から立ちのぼるマリファナの匂いに包まれていた頃の自分を思いうかべた。一九八〇年代の終わり、あの転落のあと、半年おきに転居を繰りかえした。どこに引っ越しても気分がすぐれず、ひたすら新たな場所を求めるほかなかった。自分の痕跡を消す日々が永遠につづくかに思えると、頭のなかは、常にもっと遠くへ逃げたいという思いに支配され、もっと速く走らねばならなくなった。そうした日々のなかで、ステラはファビアンに出会い、互いに愛し合って十二年が過ぎた。マルセイユが賑わう夏のハイシーズンは、自らが店長を務める海岸沿いのレストランで夫とともに懸命に働き、オフシーズンは夫婦揃って娘たちと過ごす時間を大切にする。ふたりの間には六歳と八歳の娘がいた。今ではあの引っ越しの虫も鳴りをひそめている（もちろん、自分が何をしようとしているのか理解していた。頭のなかに過去の目印となるものを並べながら、今にも崩れ落ちそうなボロ小屋の壁を支えているようなものだとわかっていた――〈ヴィラ・アドリエンヌ〉〈タラのアメリケーヌ・ソース〉〈グリーンポート〉。こうした言葉を口にし、耳にしたのはどれほど前の話だろう……）。

再びジョイが自分の世界に戻ってきたのは、この安定した状態が終わりを迎えるサインなのだろうか？　ステラは今でもあの感覚を覚えていた。夜中に腿が震えはじめると、その震えが朝まで――あの家をあとにしようと思うまでつづいた。それ以来、記憶の扉の向こうには一度も足を踏みいれていなかった。その扉がカタンと音を立てて僅かに開いたかと思うと、すぐに閉まるのを目にしたことはある。何度か夢で扉の向こうの犯行現場に連れ戻されたときも、〈事件〉を映した何気ない場面がチラッと目に入ったとはいえ、扉が開いたままの状態はつづかなかった。これ以上ないほどひどい悪夢のなかでも、自分はひたすら口をつぐんできた。そのためには恐るべき力が、人とは思えないほどの力が必要だった。だから、三つの頭を持った獣に姿を変え、冥府《めいふ》の入り口で寝ずの番をする代わりに、その獰猛《どうもう》な上下六つの顎を互いに貪り食おうとした。抵抗する力と押し開けようとする力がせめぎ合う。前に後ろに揺れる自在ドアの扉が目に入る。その向こうの世界に思わず引き寄せられる。そうして朝が来ると、まるで殴られたかのような痛みを感じて目を覚ました。毎朝ではないし、時おりの話だ――毎月ですらない。だが周期的にやって来た。例えば、休暇《ヴァカンス》中や、緊張から解放されたとき。つまり、こちらが隙を見せたときだ。そんなふうにして自分は生きてきた。だから休息なんて知らない。あたしはずっと焼けるような痛みを感じて生きてきたのだ。

だが、ジョイはそんなことなど何ひとつ知らない。


ステラは目を閉じたまま、二階の窓から差しこむ陽の光を顔いっぱいに浴びた。今、目を開ければ、港に向かって小道が延びる、あの見慣れた景色の代わりに、自分の顔がガラスに映っているはずだ。ステラはそっと目を開けると、目の前の自分と顔を突きあわせた。もうひとりの自分か、外国に住む親友の顔でも見つめるかのように、その姿を淡々と細部まで観察する。もしかすると、かつての自分、あるいは今まで囚われの身だった幽霊だろうか。目の前のガラスに映った少女は身じろぎひとつしない。何の感情も表そうとしないし、敵意を見せる様子もない。その子はこちらを見つめている——その後の自分がどうなったのか知りたいようだ。ふいに肌が粟立つのを感じた。

バスルームでシャワーを浴びながら、ステラはお湯の温度をあげた。身体を温めて粟肌を消そうとしたが、どうにも無理だった。ふと壁に目が行き、タイルの目地に生えたカビをやっつけようとこすってみる。もし大人になった自分の人生をでっちあげたとしたら、自分自身に嘘をつくようなものだ。そうでしょ？　そんなことをしたら、娘たちまで嘘の一部になってしまうのでは？　それは無理だ。耐えられない——心のなかで叫んだ。あの夏の記憶が宿命のようにどこまでもつきまとう。だが、そんなもの、幻覚か、ドラッグによるバッド・トリップでしかないはずだ。そうに決まってる——あたしはこれまでもずっと、そう考えようと努力してきた。すっぽりと抜け落ちた時間。ひとつの時代。飲みすぎた日々、男たちの姿が重なりあう。若気の至りと言えばそれまでだ。顔が赤くなるような失敗を繰りかえしてきたけれど、おかげで性格が鍛えられたともいえる。普通なら、そうした思い出のすべては悪趣味なものをしまい込む箱に片づけておいて、孫に見せる頃になって引っ張り出してくるものだろう。だが自分の場合は違う。その箱の中身を見せるなんてできない。面白くもないし、恥ずべきものだ。思い出のなかにいる自分の姿は、おふざけだと呼べるようなものですらなかった。

変わるのはなんて難しいのだろうか——ステラはバスルームのガラスのドアに自分の額を何度か弾ませた。と、その瞬間、いとも簡単に堰が決壊した。突然、それまでのすべての時間が一気に押しよせてきた。

昔を思い出すのは好きではなかった。だが、ステラはジョイのためにしようと思った。ただジョイのためだけにすることだ。もしジョイとの関係をつづけていたなら、今でも彼女が大好きだと思う。その知性や、冷静さ、揺るぎない態度に惚れ惚れしたはずだ――ぜんぶ自分には欠けているものだけれど。ジョイの穏やかさや、茶目っ気のあるところも。それに、ジョイの慎重さも――あたしも、もっと慎重でありさえすれば……。

すべてはそこにつながっていく。ただ、今も昔も、自分にとってジョイは妹のような存在だ。あの頃、ふたりの友情は思春期の澄んだ水によって育まれ、そのエネルギーはとどまるところを知らなかった。ジョイがもう一度自分の人生に登場する必要があったのは、そうした過去を理解し、再び強い力がこの身体を駆けめぐるのを感じるためなのだろう――互いのために捧げた力が消えずに残っていたからこそ、変わらずふたりを結びつけたのだ。ステラは自分のなかに湧きあがる力を感じた。あたしから、ジョイにとてつもないプレゼントを贈ろう――ジョイが自分に求めてきた願いを叶えるために真実を届けるのだ。

あれから三十二年が経つ。そして今、ずっと音沙汰のなかった大切な彼女が、その話を知りたがっている。ステラは突然届いたジョイのメールの言葉を見つめた。どこかに消えてしまったと思っていた渡り鳥が戻ってきたような気がした。その鳴き声が耳に届く――チープチープ、チープチープと鳴いている。そうだ、あの鳥の鳴き声だ。最後に目にしたのは、壮大なまやかしが執りおこなわれた日のこと。自分はウエディングドレスのベールがすべてを包み隠してくれるものと信じていたけれど、あの日を境に渡り鳥は戻ってこなくなった。ステラはあらためてジョイから送られてきたメールを見つめた。思わず胸が締めつけられる。「ねぇ、どうしてる？」――ジョイに宛てて呼びかける。それから、封じこめていた時間を遡りはじめた。

一九八八年の夏といえば、バカロレアの受験と甘いシナモンシュガーのクッキー〈スニッカードゥードゥル〉の香りを抜きにしては考えられないだろう。ステラはその年の七月、パリとニューヨークの往復チケットのためにお菓子屋さんで働いていた。アメリカ菓子を作っているお店のなかで、クッキー十個ずつをオーブンに入れては焼いてを繰りかえした。ジョイの祖母のドッティが、お店の主人のバーブと知り合いだったおかげで雇ってもらえた店だった。クッキーを並べた天板の向こうに立つと、ステラはすっかりニューヨーカーになったような気がした。仕上げに数分間、オーブンに入れてから取りだされたクッキーは、ひび割れた表面がシナモンシュガーでコーティングされてつやつやと輝いた。朝ごはんを食べる時間がなくて、ステラはいつもそのままお店に向かったけれど、本当のところはあまり家では食べる気にならなかった。部屋のなかには、前の晩に母親と仲間たちが飲みあかして、片づけるのを忘れたワインの瓶がゴロゴロと転がっていたからだ。だからお店に着いて焼きあがったクッキーの匂いを嗅ぐと、思わず生唾が出た。ともかく焼きたてのクッキーに目がなかった。ステラは日中お店のなかで、ブラウニーや、マフィン、クッキーなどを売って過ごした。そして店が閉まると、身体に染みついた、くらくらするような甘い香りを引き連れて外に出た。当時付き合っていたのは、ダニエルという名前のかっこいい男の子で、鼻先に舌が届くほどの長い舌の持ち主だったけれど、クンニのほうも抜群だった。そのダニエルが言うには、自分が車に乗りこんだ瞬間、シナモンの香りが広がり、口のなかに唾が湧いてきたらしい。

ステラは十八歳になったばかりだったけれど、ジョイのほうは秋が来て十七歳になるところだった。だいたい年上というのは、人生だとか、生きていくためのコツを年下に教えられる立場を好むものだ。大半の場合は、相手がまだ知らない、分別のようなものを授けようとする。だが、自分の場合は家ではいつも子ども扱いだったし、兄のロックが真面目に相手をしてくれることもなかった。きっと兄はずいぶん早い時期から、大人が言わんとするところを理解していたのだろう――だから高校《リセ》を出たあと勉強して、情報処理のBTS（上級技術者免状）を取得した。その国家資格のおかげでロックの未来は切り拓かれ、IBMのプログラムの開発に携わるようになった。平日に見かける兄は〈セリオ〉のシンプルなスーツにネクタイ、週末はアイロンされたポロシャツにジーンズ姿だった。その頃すでに、職場のカフェテリアで出会った情報処理の技術者の女性と結婚していた。兄のロックは神々しいほどの美男子だったけれど、パリの街にいる鳩みたいに悲しげだった。ステラは兄の話をまともに取り合わなかったとはいえ、どうにかして少しは褒めてもらいたかったし、せめて自分の選択を尊重してほしいと思った。でも、母と同じように兄にとっても、自分は〈お子さま〉のままだった。その扱いはそれまでもその先も変わらなかった。ただ母のほうは、自分を競争相手として恐れていたのか、それともゴンゾーや仲間たちが望んでいたのかはわからないが、大人に従わないとすぐにヴィラ・アドリエンヌの中庭で子どもと遊んでくるようにと言った。ふと、ステラはジョイのメールの言葉を思いうかべた。ジョイはヴィラ・アドリエンヌでの出来事を美化している。あそこでの暮らしは、ジョイが書いてよこしたみたいに、高邁な世界なんかじゃなかった。母親の仲間の男たちは、あの家をオーベルジュのように思っていたのだ。美味しい食事と家庭的なサービス——彼らは母のドミノと娘のあたしを小間使いみたいに扱った。一度だって、誰かが家に花束を持ってきたり、キッチンで料理を始めたりしただろうか。あたしはそんな姿を目にしたことはない。それをのぞけば、素晴らしい男たちだったけれど。

母親のドミノは、ラオス難民だった父と倹《つま》しく暮らしていた。ラオス人の父は風変わりな共同体の統合化に取り憑かれていたとはいえ、知的な活力を与えてくれる人だった。だが、父は家庭での役割を変えようとはしなかった——日々の買いもの、炊事や家事をするのは、常にドミノの役割だった。母はわめいた。さもなければ、泣いた。というのも、再び恋に落ちた相手は、そそくさと逃げだすようなロクでもない奴だったからだ。ただ、母にとって何よりの心配事はお金だった。蓄えもなかったし、この先入ってくる予定もなかった。それでも手元にお金が入ると、まるで早く手放したいかのように散財した。ステラは今でも一九八〇年代に流行ったゲームを覚えている——〈飛行機〉という名前のカードゲームだったが、母はその賭けで我が家の財政問題を解決できると考えた。架空の飛行機一体につき、八名の〈乗客〉が参加者として金額を支払い、ゲームがスタートする。参加者の誰もが最初は〈乗客〉として〈飛行機〉に乗りこみ、それぞれ昇進をつづけながら〈機長〉を目指す。まずは〈乗客〉それぞれが〈スチュワードか〈スチュワーデス〉になるところから始めるが、〈スチュワード〉か〈スチュワーデス〉の役割についたあとは、〈副操縦士〉を経て、その飛行機の〈機長〉になる。もちろん、機長は一機にひとりだけ。その機長が財源を手にして飛び立てばゲームは終わり。新たな〈乗客〉がフライトのゲームに加わる仕組みだ。最初の賭け金は参加するグループによって違うが、母のドミノの場合は五百フランから始めた（あのゲンズブールのコンサートチケットと同じ金額だとテレビを見ていて気づいたらしいが、結局、悪魔のような賭けゲームに取り憑かれて、そのお金もすっかり焦がしてしまった！）。それでも、参加した当初は瞬く間に〈機長〉になって四千フランを回収し、すぐに別の〈飛行機〉に五千フランをつぎ込んだ。ステラはそのときの母を――配当を現金で手に入れ、勝ち誇った顔で家に帰ってきた姿をよく覚えている。とはいえ、その金額はお祝いに買ったシャンパンのボトル一本と牡蠣に支払った金額よりも少なかったはずだ。けれど、その二週間後には、家で泣きじゃくる母の姿があった。いかさま賭博の勝ちゲームは長くつづかなかったわけだが、話はそれで終わらなかった。母のドミノが、さらに大金を賭けるために借金をしていた相手は、とても知り合いと呼べるような輩ではなかった。ある日、人相の悪い二人組がヴィラ・アドリエンヌの家に乗りこんでくると、ゴンゾーのステレオセットを奪って帰ろうとした。だが、母が警察を呼ぶと脅したとたん、相手が母の頬に平手打ちを食らわせた。その話を知ったジョイが、自分の父親に相談してみると言ってくれたが、警察官をしているジョイの父親の反応は違った。賭けごとそのものが違法なのだから、おとなしく口をつぐんだほうがいいと――話を聞いた母親のドミノは、その対応だけでジョイの父親をマヌケ呼ばわりした。

その夏、ステラはバカロレアとアルバイトを終えたあと、ようやくほんものの飛行機に乗りこんだ。初めてのアメリカに向かうと思うと、まるで自分の背中に羽が生えたような気がした――これこそ、自分の人生、自分の決断、自分のお金だった。そうして、向こうで自分を待ってくれている親友のジョイに合流するためフランスをあとにした。ニューヨークのジョン・F・ケネディ空港から目的地のグリーンポートまでは、ジョイの詳細なメモ書きのおかげで何の問題もなかった。お宝カードのようなその指示に従って、ひとつひとつ進んでいきさえすればよかったからだ。ステラはまず空港からバスに乗ったあと、最初の電車で三十四丁目とアヴェニュー・オブ・ジ・アメリカスが交わる駅まで行き、それから次の電車に乗り換え、ペン・ステーションで降りた。夏のニューヨークは、街そのものが焼け落ちそうなほどの暑さだった。これほどまでの暑さを味わったのも、こんなに騒がしくて人が多い街を目にしたのも生まれて初めてだった。それでもステラは、その過剰なまでのエネルギーにうっとりとした。

ロングアイランド行きの電車の窓の向こうには、映画でしか見たことのない景色が広がっていた。パステルカラーの戸建ての家々、落書きされたレンガの壁がつづく倉庫街、真っ白な木材のパネルが水平に板張りされた教会、おんぼろのピックアップ・トラックでいっぱいの解体置き場、ドライクリーニング店、ポスト・オフィスと書かれた郵便局、ベイカリーショップ――電車がカーブに差しかかるときの合図の音は、まるで西部劇のなかで耳にする口笛みたいだった。それに、葦《あし》に覆われた中洲を流れる水の音だって、どこか異国情緒を感じさせた。高く生い茂った葦の草むらは、八月の太陽にやられて茶色く焼けている――そのすべてに、ステラは瞬時にアメリカを感じた。でも、自分にとってアメリカといえばジョイだった。

夕方になった頃、ステラはグリーンポートの駅に到着した。まだまだ暑いとはいえ、海風のおかげで気温も穏やかだった――灼熱のマンハッタンとは大違いだった。狭いホームに降りたつと、左手に、木の薄板で屋根を葺いた家が並んでいるのが見える――これがジョイの言っていた〈シングル・スタイル〉という別荘風の家だろう――右手には港がある。きらきら輝く水面にはいくつもの浮橋がかかり、向かい側にある〈シェルター・アイランド〉に向かうフェリーの船着場になっている。小さな海辺のリゾートは静謐さに包まれ、まるで極上のシリーズ・ドラマのなかにいるみたいだった。ふと、目の前の景色とタイトルバックが重なる――一羽の白鳥が飛び立った瞬間、水を湛えた尾からしずくが落ちる。そのしずくで水面に文字を綴りながら、白鳥が空の向こうへと消えていく。「グリーンポートでのひと夏」――水面に映るタイトルの文字がそのまましばらく浮かんでいた。

駅を出ると、ステラはジョイが待つ駐車場へ向かった。車にもたれかかるようにして、ジョイが木陰に佇んでいる。あのちょっと古そうな大きな車がジョイの祖母、ドッティのランドローバーだろう。ジョイの姿が、見覚えのある本の表紙と重なる。母親のドミノのベッド脇のテーブルにいつも置いてある小説――『アフリカの日々』の作者、カーレン・ブリクセンの写真だ。シャツ姿にベージュの生地のパンツ、それにつばのある帽子。こちらに気づいたジョイが身動きひとつせず、お出迎えの挨拶に目配せをする。ステラは荷物のいっぱい詰まった巨大なスーツケースを押しながら、ジョイのほうへ歩きはじめる。自分が近づくにつれて、ジョイの顔に浮かんだ笑みが、顔いっぱいに広がっていく。

「Hey babe《ヘイ ベイブ》!」

ルー・リードの曲の歌詞みたいに、ジョイが優しく呼びかける。たちまち、その両腕が自分の首に絡みつく。すっかり日焼けをしたジョイの肌。その身体からは、いつもの〈アナイス・アナイス〉とは別の香りがする――でも、何の香りなのかわからない。すると、ジョイが〈モノイ〉のせいだと言った。髪を海水から守るためのオイルらしい。きっともうすぐ、自分の髪にもそのオイルが塗りたくられるのだろう。それから、ふたりして古いランドローバーに乗りこむと、ステラは初めてジョイが運転する姿を目にした。前の年にアメリカで取った免許証らしいが、フランスでは使えないという。ほんの一瞬、未来の世界に飛んでから、ここに戻ってきたような気がした。もちろん、今いるのが別の国なのはわかっているけれど、かつてジョイとふたりで思い描いていた大人になったみたいだと思った。ステラは運転席のジョイに目をやった。開け放った窓の向こうに飛ばされてしまわないように、ジョイが帽子を外す。すると、なかにしまい込んでいた三つ編みが、頭のてっぺんからばらっと肩に落ちた。なんだ、あたしと同じ髪型だ。ようやく、いつものふたりが顔を揃えた。

「ふたり目の孫娘かしら？　ねえ、どっちがジョイなの？　まるで双子よ！」

車から降りると、出迎えてくれたドッティが声をあげた。

ステラはドッティを見つめた。グリーンポートにいるドッティは、パリで見かけるよりもずっと寛いで見える——水を得た魚といった感じだった。ドッティ本人もそれをわかっていながら、気にしないふりをしているようだ。そして、いつものようにこちらを笑わせようと、あたしが教えた言葉を使う。

「どっちだか、マジで怪しいわね！」

ドッティが親しみを込めてあたしを抱きしめ、挨拶の言葉を口にする。ここでは頬を重ねてキスをする挨拶の習慣はないのだ——と、ステラはドッティの視線に気づいた。ドッティが自分のスーツケースに目をつけると、愛想たっぷりにその大きさをからかってから、「ふたりはまるで双子よ」と繰りかえす。フランス風の挨拶の〈ビズ〉の話に戻ると、どうして女性があんなに機械的に、挨拶のために頬を重ねるのか、ドッティには理解できないらしい。化粧品と同様に無駄なものだと言って、つまらないもの呼ばわりをする。それにパリでのドッティは、コーデュロイと夜会巻きのヘアスタイルを欠かさなかったのに、ここでは違った。あれはパリ、だからやっているらしい。一方、休暇中《ヴァカンス》のドッティは、白い髪を低めの位置で束ねるだけで、五〇一のジーンズに〈Fruit of the Loom《フルーツ・オブ・ザ・ルーム》〉のワンポイントロゴが入った杢グレーのTシャツを着ていた。それがドッティのユニフォームだった。

そのドッティが十数年ほど前までリヨンの名士の献身的な妻だったたなんて、ステラには信じがたかった。それよりも、どことなくパティ・スミスに似ていると感じた。パンクロックのパイオニアと称されているけれど、ドッティには誰のことだかさっぱりだろう。ドッティの知っている音楽はフランク・シナトラ止まりだったから。

それにしても、ドッティに遠慮はなかった。大きなスーツケースの荷物のなかからいくつもブラジャーを見つけだし、さも無駄だと言わんばかりに「これだけで二キロはあるわよ」と断言する。孫娘のジョイが「だって胸を持ちあげなきゃ！」と、声を張りあげようがお構いなしだ。「ある程度の年齢が来たら、誰だって重力に逆らえないのよ」と即座にやり返す。そんなとき、ステラは自分の父方の祖母――ラオス人で小柄な祖母のメグナに思いを馳せる。メグナとは、たわいのない話であれ、なんであれ、互いに近づいて話をしたことすらなかった。でもドッティとなら、何でも話せるかもしれない。だが、自分は思い違いをしていたのだろう。

初めて目にしたグリーンポートの家にステラは目を見張った――砂利道をのぼりきった高台に立つ木造建築の家。その建物は、海面に立つ櫓のように複雑に組まれた木組みの梁に支えられ、直接、海岸に出られるようなつくりになっていた。家のなかに入ると、今度はリビングの壁に目を奪われた。壁面の至るところに魚の頭の剥製が飾られている。この家の男たちが釣りあげたトロフィーのようなものらしい——ジョイの祖父や、大叔父たち、それにジョイの父親のものも含まれていた。ただ、魚を剥製にする作業を任されていたのは、ドッティや義理の姉妹たちだという。ステラはその剥製に見入った。するとドッティが「興味があるなら、教えてあげられるわよ」と、剥製の作り方の説明を始める。まず、最初にやらなければならないのは魚の頭の部分を取りだすことだという。エラの後ろから切り落とし、頭の中身をからにして水ですすいでから、ホルマリンに漬ける。魚の口を開けたまま固定するために棒切れをかませ、頭の内部がぴんと張るように支えになるものを入れたまま、乾燥させる。そのあとの仕事には芸術的なセンスが必要らしい。魚の目の代わりに、ガラスでできた義眼を入れて、微妙なニュアンスのある目の色に仕上げる。それが終わったら全体にニスを塗って、頭の後ろの背骨部分を台座に固定してできあがりだ。ステラは自分が釣った〈ウィーク・フィッシュ〉を剥製にしようと思っていたけれど、結局、最後まで仕上げられなかった。というのも、突然、あの家を立ち去ると決めたからだ。ふいに、置き去りにした魚の姿が瞼に浮かぶ。ガレージのなかで、まるで傘のように大きな口を開けたウィーク・フィッシュの頭がバケツの上で倒れないように固定されている。もちろん、あの臭いだって忘れはしない。ドッティはあたしの剥製を捨ててしまっただろうか？　それとも、自分の代わりにジョイが仕上げてくれたのだろうか？　だとしたら、あのウィーク・フィッシュは、マグロやメカジキの剥製に挟まれてリビングの壁に飾られているだろうか？　もしくは、当時、フランスでアメリカン・スタイルと呼ばれていたオープンキッチン――ジョイの父親の部屋と隣り合った場所のほうにあるだろうか？

　グリーンポートの家では、ステラはジョイと一緒に上の階の部屋で寝泊まりをした。薄暗い廊下の突き当たりの部屋で、浴室はドッティと共同だった。浴室のバスタブの上には、毎晩、ドッティの着圧ソックスが干してあった。部屋のベッドはふかふかだった。暑い夏とはいえ、夜にはひんやりとするのもあって、羽毛布団の上掛けが要るらしい――でもステラはその羽毛布団が大好きだった。自分の家で寝るときには、シーツとざらざらした毛布しかなかったからだ。ジョイの手を借りながらスーツケースから身の回りのものを取りだしたけれど、結局タンスに片づけるときに、ジョイがふたりのものをぜんぶまぜこぜにした。そのあとで、ジョイの肩紐のワンピースを一枚貸してくれた。だが、あたしもジョイのために〈メデュース〉の蛍光色のラバーサンダルを持ってきた――岩場での散歩に使うつもりで、お揃いのものを用意していたのだ。ふとジョイに目をやると、浴室の引き出しで見つけた茶色のアイブロウに手を伸ばし、自分を真似てホクロを描こうとしている。芯がすっかり固くなっていて描きにくそうだが、何とかその唇の端にホクロをつけ加えた――淫乱ボクロだ。いとも簡単に、あたしたちふたりはまたひとつになった。

　ステラはまだジョイの父親に会っていなかった。ジョイからグリーンポートの家で合流する予定だと聞かされていたものの、いつやって来るのか、家族の誰にもわからないらしい。こちらに向かえない事情があるのだろう。ただジョイにとっては、すれ違ってばかりで顔を合わせる機会がなかったパリの状態より、ここで父親とあたしが顔見知りになってくれることが嬉しいようだ。ジョイの祖母のドッティとは、お泊まりに行くたびに顔を合わせるほどよく見知っていたけれど、ジョイの父親については、忙しくてパリの家にいないのか、あるいはどこかで寝ずに過ごしているのかもわからなかった。するとジョイが、自分の父親は女好きだと打ち明けた。だが、孫娘がそんな話をしているのを耳にしたくないドッティが、「ホテルじゃないんだから、ひっきりなしにつづく列を見張っている必要なんてないのよ」と口を挟む。ドッティは進歩主義的なうわべをしているけれど、もともとの根っこの部分は厳格で潔癖だった。

グリーンポートの家でも、家長のいない状態はしばらくつづいた。とはいえ、その間も常に話題にあがるほど、ジョイの父親の存在は大きかった。だが、母親についての話は何もなかった。それでも一度だけ、ステラはジョイの母親の写真を目にした。ジョイ自身が一枚の写真を見せてくれたからだ。写真のなかのジョイの母親は、顎に手を置き、煙草を指で挟んだまま、立ちのぼる煙のなかに佇んでいた。ステラは目を疑った。ジョイの姿を目にしているのだろうか——母と娘は瓜二つだった。写真のなかにいるのは年を重ねたジョイだった。

ジョイの父親の顔写真のほうは、グリーンポートの家にある古いピアノの上に飾ってあった。ステラはその写真を見て、どことなく俳優のカーク・ダグラスに似ていると思った。もうひとつのオーバルの縁に入った写真は、浮橋にいるジョイの父親の姿を写したものだ。その傍らには子どもの頃のジョイがいる。ジョイの父親が得意げな顔で手にしているのは、自分の娘よりも大きな魚だった。

ステラは自分の記憶がそっくりそのまま残っていることに驚いた。今まで振りかえりもしなかったのに、どうしてこれほど鮮やかによみがえるのだろう？　ジョイも家族も、あのときのまま完璧に記録されている。あらかじめ、自分がその記憶を呼び覚ますのを知っていたかのようだ。まるでこの日が来るのがわかっていたと言わんばかりだった。

ジョイ

パパとわたし。ずっと以前から、何でもパパとわたしだった。祖母のドッティもわたしの教育に口を挟もうとしたけれど、表向きには、パパの了承がなければどうにもならなかった。わたしは、ディスコにも行っていないし、男の子との経験だって成人するまでなかったことにしていた。パパを安心させようと、最高峰と言われるジャーナリズム系のグランゼコールで学び、猛烈に働くパパの姿を見て仕事に興味を持った。そして文句も言わず、どこまでも従順な娘でいることで、パパを幸せにしたいと願った。わたしたちふたりの間には、常に暗黙の不可侵条約のようなものが存在した。何故なら、自分たちは見捨てられたのだから、これ以上苦しみたくないという思いがあったからだ。いわば、男やもめと母を亡くした子の固い結束だった。そんなふうにして、わたしたちは穏やかな暮らしを取り戻した。夏休みについても、わたしが学生のうちは、これまで同様アメリカのグリーンポートで幾日かを一緒に過ごした。パパが望んでいるとわかっていたし、わたしの友人を呼び寄せてもいいと言われていたからだ。飛行機代をパパが出してくれたのは感謝しなければいけないけれど、だからこそグリーンポート行きに納得したところもあった。ただ、その頃のわたしには、どうしようもないとはいえパパの娘という立場を認めたくない気持ちがあった。だからといって、ママの娘と呼べないのははっきりしていたし、いつだってパパが祖母のドッティを打ち負かしていたから、おばあちゃんの娘とも言えなかった。パパが我が家の家長であるのは疑いようもなかった。もちろんパパのほうは、娘がそんなふうに自分を苛立たせるような考えを抱くなんて思いもしなかったろう。それでもわたしはパパに深い愛情を感じていた。パパ自身がわたしを甘やかすのが大好きなのは、パパの瞳の奥が嬉しそうにきらめく様子を見ればよくわかった。子どもの頃のわたしは、クリスマスになると憧れていたものを何でもプレゼントしてもらった。ブロンドのバービー人形だっていくつも持っていた。だが祖母のドッティは、大きな胸に不釣り合いなほど小さなお尻をしたバービーが気に入らなかった。きちんとセットされた髪に、お化粧した顔、ピンク色のフリルがついたスカート姿の人形を見つけると怒りだした。一方、パパの反応は違った。自分とはまったく正反対の世界で遊ぶわたしの姿にほろりとしていた。わたしが十一歳になるまで――つまり小学生のうちは、何ひとつダメだとは言わなかった。

中学校《コレージュ》に入学すると、わたしはどんな映画を観ても大丈夫だと、パパのお墨付きをもらった。

パパの独断とはいえ、もう十分成長したと判断されたらしい。わたしたちはディズニー作品から、ファスビンダーやフェリーニ、コッポラにスコセッシが監督をする作品まで、さまざまな映画を一緒に楽しんだ。パパの表情を見れば、その場面を気に入っているかどうかすぐにわかった。「ものすごいぞ！」――そう、顔に書いてあるからだ。パパが大喜びすると、わたしも嬉しくなった。なかでも、わたしが特に気に入ったのは『タクシードライバー』だった。映画のなかでジョディ・フォスターが演じた少女アイリスと自分が同い年だったのもあって、すんなり感情移入できたのだろう。パパはアイリスが娼婦だからと言って反対したけれど、そんなことはわたしにはどうでもよかった。アイリスの存在は物語に入りこむためのきっかけにすぎない。とはいえ、映画に出てくる女の子としては珍しく魅力的だった。わたしのこうした発言を聞いて、パパはますます女性とはさっぱりわからないものだと考えるようになった。もっとも文句を言うどころか、かえってそうした女の人の謎めいた部分を気に入っている節があった。ただわたしにしてみれば、「ジョイも女なんだな」とパパに言われたところで、少しも嬉しくなかった。

わたしは、この男性を――つまり、ひとりの人間としてわたしを理解し、認めてくれているパパのことを、自分のほうでも理解していたし、認めていた。それに比べると、祖母のドッティの言動は時にわたしを面食らわせた――ドッティは、夫の権限には従ってはきたけれど、自分の息子の権限には逆らおうとしているとでも説明すればいいだろうか？　もしドッティにとって、植物学者としての道がそれほど重要なものだったのなら、どうして諦めたりしたのだろう？　祖母は矛盾していた。普段はまったく口のへらないタイプのはずなのに、「誰かがやらなくちゃならないのよ」と言いながら、涙を浮かべて掃除機をかけたりする。それを思えば、パパの行動のほうがずっと予測がつくし、安心できた。そんなわたしにとって、十一歳を迎えた年は大きな節目となった。パパの教育方針がどこか整合性に欠けていると気づきはじめたのもあるが、わたしに対するパパの視線に変化を感じたからだ――パパはあらゆる我儘を許してくれなくなっただけではなく、わたしを謎めいた女性のたまごのように愛おしげに見つめるようになった。そうかと思えば、男の欲望の罠にかかるなと口を酸っぱくして言った。パパによれば、男が頭のなかで考えているのはただひとつだという。もちろん、わたしだって用心すべきだと思っていたが、あまりにわたしが世間知らずな場合には、パパが自ら命綱の役目を果たすつもりだったようだ。だから『ラ・ブーム』の映画を学校の仲間たちと観にいこうとしたときも許してくれなかった。パパはわたしを心配していた。こうして、わたしの何不自由なかった生活――つまり、黄金色の鳥籠の扉は閉ざされた。

そんなパパにむっとしたとはいえ、相手もこちらの手懐け方をよく心得ていた――レンタルビデオ店で映画を借り、わたしが一緒に弾きたいと言ったシューベルトの四手連弾のピアノの楽譜『幻想曲ヘ短調』を買い求め、そのために夜の時間を空けてくれた。あの連弾のなんて楽しかったことか。パパの低音域とわたしの高音域――ふたつのパートがひとつになって響きわたる！『ラ・ブーム』なんてすっかり忘れていた。ただ、曲のお終いまでは弾けないだろうとわかっていた。何故なら、最後まで真剣に取り組めるほどの時間がパパにあるとは思えなかったからだ。でも、そんなのはたいした問題じゃなかった。わたしは最初の一小節に心を奪われると、それだけで十分気持ちが安らいだ。結局、パパとわたしは楽譜の二ページ目も終えられなかったけれど、いつだって、この曲はわ、た、し、た、ち、の楽曲でありつづけた。それに『幻想曲』はわたしたちの関係に似ていた。親密で心地よい会話が繰り広げられるように、それぞれの音が奏でられていくからだ。わたしは時おり、もしパパが死んだら、この曲を埋葬のときの音楽に選ぼうと考える。だが、パパが反感を抱くのが怖くて話してはいない。それでもパパがわたしを守ってくれたように、わたしもパパを守ろうと思う。こんなふうにかなりの頻度で、パパがこの世からいなくなった日を想像する。パパには、わたしたちそれぞれを表すのに気に入っていた表現があった。わたしについては〈いい娘〉〈気立てのいい人〉、自分自身については〈娘の忠実なセントバーナード〉だった。

わたしはパパの厳格さに不満を言ったけれど、結局、いつもパパの命令に従った。パパが消灯時間を決めれば、その時間をちゃんと守った。嫌がりはしても、逆らわなかった。実をいうと、衝突するのはは なから苦手だった。それにもし自分が思春期の少女の頃、すべてが生きるか死ぬかの問題に思えたなら、目的を果たすために死ぬようなリスクを取ったりしないだろう。とはいえ、そもそもわたしは家出をしたり、窓から飛び降りたりする恐れのない子だった。それでも、パパが普段から「家出癖がある子や、向こう見ずな子の身には何かが起きる」と指摘していたのには、それなりの道理があるのだろう。

中学校《コレージュ》では、クラスメートの少女たちは親に嘘もつけば、外泊もするし、男の子とも関係を持っていた。わたしはといえば、自分の日記にちょっとした不満を書くくらいで十分気が収まった。自分自身に驚くほどだが――今でも、怒りにはまったく無縁だ。常々担任の教師からは「協調性がある」と言われてきたけれど、確かに感情を爆発させたり、逆上することはなかった。そんなある日、教室でクラスメートの男の子の言葉が耳に飛びこんできた。「俺って変っていうか、変わった奴《ストレンジ》かい?」――その瞬間、わたしはうっとりした。と言っても、普段から組織のリーダー格に恋するのはお手のものだ――ギャングのボス、麻薬の売人、ロックダンサー、〈ザ・キュアー〉の熱狂的なファンを生みだした当のメンバーたち――普通なら、近寄れそうもない男たちが、数カ月にわたって、わたしの心のなかに住みつづける。もちろん、その間も相手はわたしに話しかけたりはしない。結果として、現実の世界でわたしに近づいてくるのは脇役タイプの男の子たちだった。優しい男の子や〈ザ・キュアー〉のファン。自分の髪を逆立てる勇気もないまま、髪をべたつかせている男の子のほうだ。だが、わたしにはパパがいる。パパにとって、わたしはお姫さまだ。そして人形だった。わたしには、一生パパの愛がある。パパはわたしを愛している――疑問の余地すらなかった。そのわたしがパパに逆らうような行動を取るなんて、いったい何が起きたときだろう?

その一方で、母の早すぎる死はわたしにとって教訓となった――火の粉が降りかからないように危険な火遊びはしなかったし、だからこそ無事に過ごせているのも事実だった。回り道をしたり、うまく切り抜けたりしてきたとはいえ、そもそも家にいるのが全般に好きだった。時おり、自宅に友だちを呼んだりしながら、わたしは大部分の時間を家で過ごした。何よりパパが帰ってくるのを待ち望んだ。窓の下の街路樹がつづく道にパパの姿を見つけるとき、どれほどわたしの心が安らかになったことか。パパが帰ってくる姿を目にするのは、いつだってご褒美みたいなものだった。自分がもらうはずじゃないものを手にするような、そんな気がしていた。

わたしが好きなのは、〈元気を回復している〉最中のパパだ。その間、パパはまるで時差ボケのようにぐっすりと眠りつづける。午後になる頃になって、やっと部屋のなかにコーヒーとトーストの香ばしい匂いがただよう。普段オフィスで働いているお父さんたちの時間の流れとは違うけれど、今でもわたしにとっては、そうした時間のほうが遥かにかけがえのないものに思えた。

短時間ではなく、ゆっくり休める週末の場合は、パパはやたらと手の込んだ料理に挑戦しようとした。ただ、そうした有名なシェフのレシピを最後まで仕上げられるほどの根気はなかったから、たいていの場合は途中ですべて鍋に入れられ、数日間食べられそうなほどの〈パパ風の煮込み〉料理ができあがった。わたしと祖母のドッティは、パパの料理に舌鼓を打っているふりをして、残りはぜんぶ、隣に住んでいる女性が飼っているドーベルマンの餌にした。時にはわたしが料理を引き受けることもあった。ステラの母親のドミノのおかげで、パパとドッティは〈タラのアメリケーヌ・ソース〉の美味しさに目覚めた。その料理に目がなかったパパは、有名シェフの名前にあやかり、わたしを〈ポーレット・ボキューズ〉と呼んだ。

パパはどんなに忙しくても、わたしのことを忘れたりしなかった。現場や署内のオフィスで過ごして帰りが遅くなるときも、それどころかまったく帰ってこられないときでさえ、常にわたしを気にかけていた。事件が起きた晩のあとには、いくつもクロワッサンを買ってきてくれた。それから、回転灯がついた車にわたしを乗せ、小学校の前まで送ってくれた。ずっとあとになって、グランゼコールに通うようになってからは、授業に間に合うように起こしてくれた。朝、キッチンに向かうと、コーヒーポットが置いてあるあたりでいつもパパと顔を合わせる。そこで前の晩の事件の話を聞く——情痴事件——当時はそんな呼び方をしていたと思うが、女性が刃物で殺され、その犯人の取り調べが行われた話を耳にする。世間のあくどさ、愚かな行為、悲惨な人間の姿を目の当たりにしたあと、こうしてパパはわたしたちの家へ、わたしのもとへ帰ってくる。「ああ良かった、無事で」とパパの口から漏れる安堵の言葉に、わたしはパパの救いなのだと感じる。もしわたしがいなかったら、パパはどうしたらいいかわからないだろう。そんな娘への眼差しが時に変化する。わたしがワンピースやスカートを身につけているときは、美しいと感じるのか目を細め、その丈が短すぎるときは、さも危険だと言わんばかりに困った顔をしてみせる。

「厄介事になってから、まさかと思ってもダメなんだ」

そのセリフは、繰りかえし登場する、パパの独自の手法《ライトモチーフ》のひとつだった。わたしが男の子だったら違うはずだとはわかっている。きっとほったらかしにされただろう。それでもわたしは、ドクターマーチンの足元を見せれば、パパを安心させられると思った。つま先に入っているスチールプレートがあれば、相手も逃げだすかもしれない。だが、パパは口を酸っぱくして言う。

「もう小さな女の子じゃないんだから」

パパはわたしが小さな女の子ではなくなったのが残念なのだろうか。確かに、女の子だというだけで、わたしはパパに少なからずの心配をかけてきた。自転車で転んで膝を擦りむくのだって、パパにしてみればよく経験した話だろうし、当然どうすればいいのかも心得ていた。けれど、わたしは傷を消毒してもらうときも全面的にパパを信頼し、パパにすべてを預けた。ガソリンスタンドで食べたハンバーガーで食あたりを起こしたときも、パパは一晩中寝ずにわたしに付き添ってくれた。特別なことをしてくれなくても、そこにいてくれるだけで魔法をかけられたみたいに安心した。〈これだ、これが愛だ〉――そのとき、わたしは思ったものだ。

だから、たとえパパが家にいなくてもわたしはパパを信頼できた。それにパパだって、わたしを信頼していた。だが、もし母親のミレーナが生きていたら、わたしとパパの関係はどうなっていただろう――そんな考えがしばしば頭に浮かんだ。そのせいか、わたしはパパの負担にならないようにと懸命だった。何故なら、パパはあれほど悲劇的な状況のなかで妻を亡くし、たったひとりで小さな子どもを背負い込むことになったのだから。わたしはそう思っていたけれど、もっと複雑な事情があったのだと祖母のドッティからあとになって知らされた──母のミレーナが家を出たのは、パパが母を裏切ったからだという。パパも否定はしなかったが、ドッティ自身はパパの〈欲望〉のせいだと考えていた。ドッティの説では、母親の自分が気づかなかったのも原因だが、パパの〈欲望〉は製造工程で起きる欠陥のようなものだから、嘆いても仕方がないらしい。さらに、そんなふうにできている男性が一定数いるのだとつけ加えると、周りは何もできないのだから、よそに行ってもらう必要があるのだと言った。わたしは、その話を現実的な教えとして、祖母が教えてくれた洗濯の話──「血液の汚れは冷たい水で洗うのよ」というアドバイスと同じように心に留めた。それに、祖母のドッティが足元を見つめながら「話しておきたいことがあるの」と英語で言うときは、大事な話があるときだと決まっていた。わたしはドッティのおかげで、人には水や空気が必要なように、誰かに話す必要があるのだと知った。とはいえ、ドッティがパパから助けを求められる前にわたし自身に打ち明けた、「息子《チキン》が娘の面倒を自分の彼女《メンドリ》たちに任せようとしている」という話は徒労にすぎなかったけれど……。だが実をいうと、わたしにはその頃の記憶がほとんどない。思いかえしてみても、大人たちの世界の記憶は何ひとつ残っていない。わたしがわかっているのは、パパが自分を見捨てなかったこと──それがすべてだった。

わたしが子どもの頃、パパは〈アヴァンチュール〉にふけっていた――その言葉が使われるたび、わたしの頭のなかには、ある映像が浮かんだ。ジャングルのなかで、セクシーな美女を片腕に抱えたパパが蔦《つた》から蔦へと飛び移っていく姿だ――パパの話では、アヴァンチュールが危険なのは、その蔦をどうやって外したらいいのかわからないからだという。わたしはパパが喜びそうな解決策をいくつか提案してみたのだが、ほどなくして幾度も長電話をしているパパの様子を嗅ぎつけた。いつまで経っても終わりそうにない会話のなかで、何度も相手に詫び、くどくどと言い訳をするパパの声が聞こえた。このやもめ暮らしはどうにもできないのだと相手に訴えている。なんて可哀そうなパパ。その一方で、家にいるときのパパはけっして母のミレーナについて語らなかった。わたしの知る限り、パパのもとからいなくなった女性は母だけのようだ。時おり、パパの寝室の扉越しに咽び泣く声が聞こえてきた。誰とも分かち合うことのできない深い事情が、パパにはあったのだろう。

祖母のドッティが「パパは女好きだ」と告げたとき、わたしはとうにその事実を知っていた。パパが女性をジロジロと見るのにも気づいていたし、パパ自身、そうした態度を隠そうともしなかった。それどころか、わたしのほっそりとした首や、すらりとした脚、華奢な足首や手首にさえ興味を持っていた。わたしはパパがものにした女の人がいくらでもいる状況に満足していた。何故なら、相手が何人もいるのは長続きしなかった証拠でもあるからだ――わたしはすぐに、パパが手放さないのは自分だけだと気づいた。パパの心のなかから、わたしの居場所が奪われることはない。わたしはかなり早い時期に、自分がほかの女性より優位な立場にいると自覚した。

一方、初めてできたわたしの恋人のジュアンが自宅にやって来たときは、まるで面接試験のような有様だった。パパはどんなふうに相手に話しかけたらいいのかわからず、椅子にそっくり返っているだけだったから、こちら側から話しかけるしかなかった。わたしは会話に加わると、パパを相手に悪戦苦闘する恋人のジュアンの様子を見つめた。瞬く間に、ジュアンの勇ましさはどこかに消えてしまった。それから数ヵ月後、新たな恋人のミロは、パパの前で毒舌を吐かないように会話を控えた。だが、この頃は家のなかが騒々しかった。以前とは逆で、今度はパパのほうがわたしの電話を嗅ぎつけ、電話料金が法外になるからと言って通話を中断させた。わたしは電話代を自分自身で工面しなければならなくなった。そしてジョヴァンニと付き合う頃になると、パパに引き合わせるのはやめて外で会った。わたしはパパとまったく同じ行動を取った。家には誰も連れてこないか、あるいはひとりきりになれる時間を待った。パパが非番や夜勤のときでも、もし事件が起きたら、その夜は自分だけの時間だった。やがてわたしは家を出て引っ越し、ウィルと出会った。結局、ウィルが妻との離婚を考えるのをやめるまで十二年待った。わたし自身、ひどく体面を気にする性格なのも手伝って、相手には何ひとつしつこく求めないまま、毎日、奇跡が起きるのを期待しながら生きてきた。とりわけ、相手の重荷になるのは避けたかった——確かに、人間はそれほど変わるものではないらしい……。ある日、ウィルがやつれた顔をしてわたしの家にやって来た——三人目の子どもが生まれるという。わたしたちの付き合いはその日で終わった。

わたしのアパルトマンには、誰ひとりとして荷物を詰めた段ボールを持ちこまなかった。三日以上過ごすつもりで、スーツケースを持って敷居を跨《また》いだ相手もいない。そうして何年もの月日が過ぎるうちに、わたしは周囲から頑固な独身主義者と呼ばれるようになった。孤独に悩みはしたが、かけがえのないものであるのもわかっていた——そのジレンマを抱えながら生きてきた。いずれにせよ、一度も自分にぴったり合う靴にめぐりあわなかったのだろう。一方、パパはしばらくの間、わたしがレズビアンかどうかを気にして確認してきた——男がいない女は、そうに違いないとでもいうのだろうか？　パパはエイミーの件を知っていた。エイミーの父親のジョンが取った保守的な態度について非難はしても、結局、パパ自身だって、レズビアンなんて俗悪だと言わずにはいられないのだ。だからこそ、その本心がつい言葉にでるのだろう。事実、パパは〈男のような女〉だとか、〈がっしりした女〉〈いかつい女〉のような表現を口にした。わたしはそうした言葉を耳にするたび、おずおずと異を唱えた。もちろん、パパがエイミーのような〈若い女性〉——それも子どもの頃からずっと知っている相手に対して落ち着かない気持ちになるのは理解できる。パパにとっては、大人になったエイミーが変転したとしか捉えられないのだろう——女性を愛する女の人を前にして、自分のほうからどんな振る舞いをすればいいのか見当もつかないのだ。結局のところ、パパは昔風の男の人だった。ただ、それはパパのせいではなく、周りがそう育てたからだ。パパの父親がそうであったように、さらにその父親の父親もそうであったように……。だから、わたしはパパの時代遅れな考えに対しても寛容な態度を取った。これこそ、親が持つ特権だ。

そうして幾年もの月日が流れるうちに、パパはわたしに対して恋愛に絡む質問をしなくなった。祖母のドッティと違って、パパがおじいちゃんになることに固執しないでいてくれたのは有難かった。ただドッティのほうは何度もその話題を持ちだした――祖母にとって、人生の階段を一歩ずつのぼっていかないのは不自然なうえ、あたかも生物学的な成長を拒否しているように映るらしい。自分の孫娘はどうしたのだろうか。いったい何を怖がっているのか、二十五歳なのに、三十五歳だというのに、四十五歳にもなって？　あの娘はいまだに大人になるのを拒絶する思春期の少女みたいなものだ。ちゃんと受け入れられるはずなのに、自ら人生の階段をのぼっていこうとしないなんて、自分は身勝手だと言っているようなものでしょう？――ドッティはわたしに繰りかえし言った。それでも、わたしは自立し自由を手に入れ、フリーランスのジャーナリストとして働く自分を愛おしんだ。その一方で、子どもの存在が、自分を女性として完全なものにしてくれるのではないかと思いながらも、その欲望に蓋をしつづけた。そうした自分を恥じる気持ちが、まるで腫瘍のように大きく育っていった。だから、ドッティに異論を唱えなかった。今では、周囲の人が自分の子どもの話題に触れるとき、わたしは父親の話をするようになった。

ある日、わたしはパパにステラの母親のドミノの話をしたことがあった。わたしがドミノの生き方について夢中になって語っていると、ふと、パパが皮肉っぽい眼差しを浮かべているのに気づいた。確か、わたしはこんな説明をしていたと思う。ドミノは民放ラジオ局の仕事をする自由な女性で、年齢は四十五歳。足元は必ず十二センチヒールのパンプスに、レザーのタイトスカートをはきこなし、周囲にはさまざまな男の人が大勢集まってくるのだと。わたしは話をしながら、将来、仕事についたら自分もドミノのような格好をしようと思った――自立していて、女らしい人になるのだ。それから何年かが過ぎて、いざ自分の計画を実行してみると、周囲からの過剰なほどの注目に困惑した。結局、わたしはスニーカーに履き替え、ようやく胸を撫でおろした。おそらく、ドミノは自分に対して並外れた自信を持っていたに違いない。男たちが何を考えているかなんてお構いなしに、絶えず男性の視線にさらされて生きていたのだから。それとも、植物に日光が必要なように、ドミノは男たちの視線を糧にしていたのだろうか？　そうした視線がなければ活力を失ってしまうのだろうか？　そういえば、ステラもごく自然に男の人の気を引いた。自分から気に入られようともしないし、視線を引きつけるために無理に何かをするわけでもなかった。だが、わたしは視線を感じるのがつらくて避けるほうを選んだ。すぐに顔が赤くなり、いつもの自分でいられなくなるからだ。それに自分が好きでもない相手に気に入られるのは、何にもまして手を焼くものだとわかった。これも授業料だろう。

だからというわけではないが、わたしはたいていひとりでいた。それは今でも変わらない。そんなふうに生きてきた——ひとりきりで——それでもある日、独り身に絶望している自分を認めざるを得ないのだろうか。

ドミノの話に戻ると、あのときパパは皮肉っぽい眼差しでわたしにこう訊ねた。

「そのドミノという女性は、それで幸せなのかい？」

わたしは十六歳だったし、そうした感覚で人生を捉えたことなど一度もなかった。すると、わたしの返事など待っていないかのように、パパは仕事に備えて立ちあがった。それでも、わたしには幸せの泉が〈ヴィラ・アドリエンヌ〉から湧きでているように見えたし、パパの眼差しに見つけた心配の種が、あの場所にあるようには思えなかった。それに率直に言って、パパのほうがステラの母親のドミノよりも幸せなように見えなかった……そもそも人間にとって、幸せこそが究極の目的なのだろうか？　今となっては、だいたいそんなものだと思っている。とはいえ、わたし自身は明らかに幸せ探しとは別の探索に自分の人生を費やしてきた。人にはそれぞれ優先すべきものがある。いずれにせよ、現実なんてそれほど高尚なものじゃない。

正義を司るにも犠牲を伴うものだ。わたしは今でも、パパがテレビの前のテーブルに伏せて眠っていた姿を覚えている。パパは生活に疲れ果てていた。それでも、わたしは宿題を終えたあと、パパと一緒に何かをしたかった。ジョギングでもよかったけれど、パパは仕事の捜査で歩いたり走ったりするのが日常だから、ジョギングなんて御免だと言った。パパが望みもしないものを一緒にやろうと説得するのは、そもそも無理な話だった――蚤の市に行くのも、あちこち店を梯子するのも、休暇《ヴァカンス》のとき以外に展覧会を観にいくのもパパは大嫌いだった。スポーツもしないし、精神分析にも興味がなかった。あんなものは騙されやすい相手をカモにしているのだと言った。そんなパパが、今ではワインに水を入れて薄めて飲んでいる。そして、自分の世代は皆そうだったからと、急進左派を支持していると認める。うとうとする前に政治の話をするときは、「煮え切らない奴らに猶予なんてない」と言うのが口癖だが、それもあっという間に終わる。まるで俳優が観客のために舞台に姿を見せたかと思うと、すぐに幕が下りて姿を消してしまうようなものだった。

あの頃、時々だけれど、上機嫌で帰宅するパパの姿を目にした。中華料理店に行っていたのだと、口笛を鳴らしながら笑い声を立てた。わたしにはいつものパパと同じ人だとは思えなかった。そんなエネルギーをどこで補給してきたのだろう？　事件を解決して捜査が終了したのだろうか？　それとも新しい出会いでもあったのか？

ϟ

その朝、わたしはパパの家に向かうと、建物の玄関で呼び出しブザーを鳴らした。パパがインターホンに出ると、このあたりで約束があったから、コーヒーを飲みに立ち寄ったのだと説明した。本当のところは、あの悪夢がどうにも頭から消えなくて励ましの言葉が欲しかったのだ。自分はずっと大人になりきれていないのではないだろうか——わたしは時おり、そんな思いにとらわれた。子どもだった時分は、ぽっかりと開いた穴が胸を覆いつくすような感覚に襲われると、その薄暗い穴がしっかりと塞がるまでパパの胸のなかでただうずくまっていた。

「ちょっとね……」

わたしがそんなふうに話を切り出すときは、「問題を抱えている」という意味だった。その言葉を耳にしたパパは、わたしを膝の上に乗せるか、抱きしめてくれた。パパの温もりがじんわりと伝わってくるにつれ、嫌な感覚が消えていく。そのまま落ち着きを取り戻すまでわたしはじっと待った。パパは一度たりとも〈死別〉と言わなかったし、その言葉の意味も説明してくれなかった。仕事柄、日常的にさまざまな悲劇と向き合っているせいか、わたしの不運を絶対視しなかった。そうしたパパの態度のおかげで、わたしは物悲しい気分に呑みこまれずに済んだのだろう。

その朝も、わたしは問題を抱えていた。おそらく、何か問題があるというよりも、単なる情報不足か、本当のことを知らないかのどちらかだろう。ともかく、頭のなかはステラでいっぱいだった。いったい、わたしが見逃しているどんな出来事がステラの身に起きたのだろう？　何が起きたのかさえ気づかなかったのは、そのときすでにステラがわたしの手の届かないところにいたからなのか？　これほど長い間、連絡がない状態がつづいたのはどうしてだろう？　毎年、何故こうして同じ疑問が変わらぬ切迫感を持ってよみがえるのだろうか？　だからといって、答えが見つかるわけでもなければ、そうした思いが薄れていくわけでもないというのに。わたしは一九八九年の春にふたりが送り合った手紙を読みかえした。ステラが結婚する数週間前のものだ。だが、そこにはお互いを想う愛情あふれる言葉が並んでいるだけで、それ以外、何も見つからなかった。わたしたちふたりのどちらが最後に手紙を書いたのだろうか？　SNS上でステラのメールアドレスを見つけだすのは難しくはなかったとはいえ、ステラはわたしに返事をくれるだろうか？　それとも、わたしのメールは宛先不明人やブラックリストに挙げられ、迷惑メールのなかに紛れこんだままになってしまうだろうか？

パパのアパルトマンがある階に到着すると、わたしは踊り場で待ち構えているパパの姿を見つけた。その場で挨拶のキスを交わした瞬間、パパの息が弾んでいるのに気づいた。でも、階段をのぼってきたのはわたしのほうだ。

「邪魔じゃなかった？」

「そんなわけないさ、嬉しいよ」

今朝のパパは、ぼそぼそとした声をしていた。見た感じでは気づかなかったけれど、おそらく風邪でもひいたのだろう。でも、たいしたことはなさそうだ。パパのほうがわたしよりも強いのだから、あまり過保護にする必要はない。わたしはパパのアパルトマンのなかに入ると、すぐに部屋のカーテンを開けた。どうしてこんな薄暗いところにいて平気なのだろうか？

「私が吸血鬼のような男だとわかっているだろう。夜の世界で生きているのさ」

こちらの気持ちを察知したようにパパが言った。

それにしても、パパには暇をつぶすという行為に縁がないと見える。テーブルの上には開いたままのパソコンの画面があった。今、読みかえしているのは映画雑誌に掲載された記事だというが、フランス国家警察のシリーズドラマを支える人気警察コンサルタントとしての仕事や、その新たな肩書きについてのインタビューを受けたらしい。パパは自身の警官としての定年が近づいたとき、警察コンサルタントの道に転身する手があると気づいたようだ。まったく、立ち止まらない人だ。そもそも左派の支持者で、音楽好きな警官というのだって規格外だったはずだ。だからといって、わたしは今までパパに対して赤面するような思いをしたことはない。高校生のとき、大学の選抜入試導入を唱える〈ドゥヴァケ法案〉反対のデモに参加するために、欠席届にサインしてくれたのには驚いたけれど。

ふと、わたしはパパの後ろにある本棚に目をやった。棚の半分ほどが狼関連の書籍で埋められている。アメリカにあるいくつかの自然公園のなかに狼が入れられるようになって以来、パパはその動物に熱をあげているらしい。生態系の調整弁となる狼が、自分に似ている気がするからだという――おそらく、パパ自身の警察に対する見方と重なるのだろう。それにしても、昔からパパは何かに駆られて行動するようなところがあった。興奮した様子で、ありとあらゆる新しいものを家のなかに持ちこむと、わたしも一緒に夢中になった――ピンポン、ドイツ語、グレゴリオ聖歌、モカシン、ニーチェ、ハーブリキュールの〈スーズ〉、水族館……わたししたちに退屈なんて言葉は無縁だった。

ただパパはいつもひとりだった。だから本当の意味で、わたしはパパの友だちに会ったことはない。警察の関係者としてなら、パパの上司や部下の人たちを知っている。それにパパには〈愛人〉も何人かいた。でも、わたしは一度も顔を合わせていない――パパが女性たちを引き止めておいたのは自分自身のためだと思うが、そこにはわたしに対するいたわりもあったのだろう。

わたしは目の前のパパを見つめた。背中は曲がり、額も禿げあがっていた。その年老いた姿にくらくらと目眩を覚えた――それでも、わたしはパパに対して底知れぬほど深い愛情を抱いていた。わたしにはパパしかいなかった。友人たちはわたしの人生を彩ってくれたけれど、それぞれに家庭を築き、その家族をまず優先するようになっていた。わたし自身だってそうだ。親しい人との関係を優先していた時代に終わりを告げて久しかった。今では、わたしを優先してくれるのはパパだけだ。近頃は、祖母のドッティが忘れっぽくなっているせいもあった――それにドッティは、以前はちょこちょこお酒を飲んでいるくらいだったのに、今や正直言って、アルコール依存症といっていいほどだ――そういえば、この〈正直言って《フランシュモン》〉をもじって「フレンチモン」と言うのが祖母の口癖だった。まるでフランス人の典型的な特性を示す言葉であるかのように、勝手にフランス的（フレンチモン）と表現したいときに使う。自分の母国のアメリカを離れて以来、ドッティにはそんなふうに遊ぶ習慣がついたらしい。だが忘れっぽくなっている件に関しては、自分の頭がうまく働かない原因を知るための検査を受ける気はなかった。それを知ったところで、どうにかなる年齢ではないというのがドッティの意見だった。

わたしは顔をあげると、パパの背中に向かって声をかけた。いつの間にか、パパはパソコンの画面に向かって仕事を始めていた。

「ステラに手紙を書いたの。パパはステラのことは覚えてる？　高校《リセ》のときの友だちなんだけれど」

「ああ、あの子は何をしているんだい？　感じのいい子だったな」

パパはパソコンに向かったまま返事をした。

「わたしもよく知らないの。でもね、ステラの夢を見たの……」

そう言いかけたところで、パパの声がかぶさってきた。

「食べすぎたよ。ほら、このたらふく食べたお腹を見てくれ」

確かにパパは立派な太鼓腹をしていた。本人曰く、警官を引退して運動不足になったせいらしいが、今のパパには、もはやあのハンサムだった頃の面影はなかった……当時は映画俳優みたいだと言われるのをまんざらでもないと思っていただろう。わたしはパパに、色恋沙汰《アヴァンチュール》のない生活は寂しくないかと訊ねた。するとパパは返事をする代わりに、「ははっ」と何ともいえない声をあげた――たぶん今もアヴァンチュールはしているが、その話はしないというつもりだろうか。だがわたしの目からすれば、パパは恋愛に対して失望を重ねているか、あるいは諦めているとしか思えなかった。今朝のパパの様子を見る限り、髭も剃っていないし、シャワーもまだ浴びていない。これをパパが衰えはじめている兆候だと認めなければならないのだろうか？　それはあまりに早すぎる。もしその可能性があるとしても、わたしには心の準備ができていない。だって、わたしはパパが必要なのだ。ふいに極度の不安から胸が苦しくなると、精神科医の診察を受けたほうがいいような気がしてきた。いや、まずはパパの健康状態のほうが先だろう。わたしはパパを気遣って、体調について聞いてみた。すると、パパ自身も疲れていると認めた。だが今日のところはたまたま立ち寄ったのだから、どうこう言うよりそのまま仕事をつづけさせておこう。それよりも、わたし自身のほうが問題だ。ここ数日、無気力な状態で、まったくといっていいほど仕事の提案もしていないし、いくつかの誘いを断ってからは声をかけられることもほとんどなかった。悪夢がわたしのなかに巣食って以来、何かをしたいという気持ちを感じないまま、腐った卵を抱きつづけているようだった。

「どんな夢だろうが、現実とは別ものさ。わかったかい？」

別れ際にパパがわたしに声をかけた。

「ええ、気をつけてね、パパ。無理しないでよ。パパの好きなときに、お昼を一緒しましょ」

再び外に出ると、わたしはパパの言葉について考えた。パパの意見と違って、わたしにとって夢はいつだって重要だった。夢はわたしに寄り添い、時につきまとった。

ただ今回の夢は、執拗なまでにわたしをつけ回す。その夢と一緒に、ステラの謎が一気に押しよせてくる。だが、こうして向き合おうと決心するまでにあまりに長い時間が過ぎていた。三十二年——まるまるひとつの人生と言っていいほどだ。その間、わたしは何をしていたのだろうか？

ステラ

ステラはグリーンポートにやって来て初めの十日間を、ジョイとその祖母のドッティと一緒に過ごした。定期的に、近所の家の庭で行われるバーベキューにもふたりに連れられて参加した。この町に住む人々は誰もが顔見知りのようだった。バーベキューに誘ってくれるのは、ドッティの友人夫婦で、その娘やジョイも含めて家族ぐるみの付き合いがあった。ステラは今でもその夫妻をよく覚えている。ジョンとキャロルはとてもすてきな夫婦で、海岸からすぐのところに家を構えていた。夫のジョンはいつも陽気で大きな声でおしゃべりをし、妻のキャロルのほうは柔らかな声で〈ハニー〉だとか〈ラブ〉だとか夫を呼んだ。ふたりにはひとり娘のエイミーがいて、美容系の仕事をしていたか、これから就きたいと思っているのか、そんな感じだった。ステラはジョイと一緒にエイミーにピアスを開けてもらったが、うまく穴ができないまま耳たぶが化膿し、夏が終わった頃には塞がってしまった。

アメリカに降りたってからというもの、ステラは周囲が話す言葉をまったく理解できなかった。すぐ隣から、ふたつの言葉をスムーズに操るジョイの声が耳に入ると、その自然な姿に思わず見惚れた。英語を話すときのジョイは、いつもよりも開放的な感じがしたし、臆病さも控えめだった。それにいつもより楽しそうで軽快な雰囲気だった。そんなジョイが、ステラは普段にもまして大好きだった。何か言うたびに「オー・マイ・ゴッド！」と挟みこむのも本当におかしかった。まったく神様なんて信じていないくせに。それから「サンキュー」の発音を教えてくれたのもジョイだった。上下の歯が舌に触れるような状態で、〈シュー音〉というよりは、むしろ〈t〉の音を出すように〈サ〉を発音するといいらしい。高校《リセ》で女性教師が教えてくれたのとは全然違う。確かにラングロワ先生の英語の発音は特徴的だった。〈明らか《クリア》〉とか〈雲《クラウド》〉と言うとき、湿音の〈l《エル》〉の音を上顎の天井部分にあてて弾けるよう発音する。ステラは必要以上にジョイの前で先生の発音を真似てみせた。そんなとき、自分のほうがお姉さんであることにジョイは衝撃を覚えるみたいだ。でもステラにしてみれば、そっちのほうが不思議だった。どうして自分たちの年頃は大人っぽく振る舞おうとするのだろう——相手よりも子どもっぽく見られたくないと思うのは当たり前の欲求なのだろうか——それともほかに理由があるのだろうか。

ステラはショートパンツに水着のトップス姿で自転車に跨り、ジョイと一緒に海岸沿いを一気に走り抜けた。ロングアイランドの先端のオリエントにたどり着くと、世界の果てにいるような気分になった。そのオリエントとグリーンポートの間にはマリオン湖がある。透き通った湖のなかで遊んでいると、突然、ジョイの水着がかすめとられそうになった。それから〈67ステップス・ビーチ〉にある六七段の木製階段から眺める夕陽も大好きだった。夜にはジョイとグリーンポートの町をそぞろ歩いたけれど、ディスコには入れなかった。二十一歳以下の入場は認められていないからだ。ステラはまた未成年に逆戻りした気分だった。もちろん、飲酒も禁止だった。それでも、映画館でジョイとふたりで観た映画は大当たりだった。トム・ハンクス主演の『ビッグ』――魔法のように、一晩で主人公の少年が子どもの心を持ったまま、大人の姿になってしまう話だ。たとえ英語の台詞をまったく理解できなくても、ステラは十分満足した。ポップコーンをふた掴み口に放りこんでいる合間に、ジョイが通訳をしてくれたおかげだった。

ステラはジョイとなら何時間でも一緒にいられた。子どもみたいにお話を作り合ったり、ゲームをしたり、話し合ったり、絵を描いたり、音楽を聴いたり、ボウイのCDジャケットを真似て写真を撮り合ったりもした。そういえば長い間、フィルムまるまる一本分のネガを手元で保管していたはずだ。アルバム『ピンナップス』のジャケットに写るボウイとツイッギーみたいに、胸から上は裸でふたりともカメラの向こうを真っすぐ見据えているものだ。ジョイの可愛らしい顔が自分の肩の上にもたれかかっている。茶色いペンシルでそれぞれ顔の輪郭を縁取っているせいで、まるで仮面をかぶっているみたいに見えた。整理する才能に恵まれていない自分を思えば当然の成り行きだけれど、そのネガはすべてどこかに消えてしまった。結局、一度も現像されなかった……。

あの夏のふたりは、同じ年頃の少女と比べて驚くほど穏やかだった。それからほんの僅かあとの自分の混乱ぶりを考えてみればよくわかる。どれほど身を持ち崩し、酒に薬に溺れ、度を越した振る舞いをしたことか！　だが、あの夏のあたしたちはグリーンポートの家の近所の男の子たちと軽くキスを交わすくらいで満足だった。そのティムとアレックスの二人組の男の子は、グリーンポートの〈メイン・ストリート〉にある大きなブラッセリーで夏の間働いていた。ふたりが自分たちに奢ってくれたロブスターロールのなんと美味しかったことか。まさに人生最高のロブスターロールだった！　ステラはジョイとふたりで、そのロブスターロールを頬張ろうと大急ぎで岩場へ向かった。口に入れたとたん、たちまち海の幸の香りが広がっていく。そのお礼を伝えるため、ジョイと一緒に岩の上でボーイフレンドたちがやって来るのを待った。ステラはアレックスとデートをしたけれど、本当はティムが気に入っていた。というのも、アレックスはいきなりこっちの下着に手を入れてくることしか考えていなかったからだ。それでもあたしたち四人は浜辺で何度かマシュマロを焼いて食べた。あたしはすでに男の子との経験があったけれどジョイは違った。だから多少の迷いはあったものの、ジョイが拒んだから、男の子たちは目的を果たせずに終わった。

しばらくしてジョイの父親がグリーンポートに現れると、家の雰囲気がすっかり変わった。以前の長閑《のどか》さがどこかに行ってしまったように感じた。どうしてなのかはっきり理由はわからなかったが、ともかく息苦しかった。とはいえ、それまでと変わらぬ日々がつづいた。ジョンの家でのバーベキューに、妻のキャロルとのジャム作り（半分に割ったアプリコットから種を抜いて、それらを砕いて、なかにある仁を取りだし、それからアプリコットの皮をむいて、その実と仁を一緒に鍋に入れてジャムを作るのだ！）、皆で釣った魚の頭の形を崩さないように乾かすためにバルサ材のつっかい棒を入れたり、水遊びをしたり、食器棚のペンキ塗りをして過ごした。今までと同じような日々を過ごしているのに、自然な感じや、スムーズな流れが失われて、ぎこちなくなっているように思えた。ステラは、その原因がジョイの父親にあると気づいた——ジョイの父親は娘の様子を絶えずじっと観察し、ふいに視線が重なったときでも、けっしてジョイから目をそらそうとしない。それればかりか、その眼差しは錘《おもり》がつけられているように最低限の動きしかしなかった。

ジョイの父親が特に好んで話題にしたのは、ボディーランゲージに関するものだった。仕事柄、相手の仕草を見ればすべてがわかるという——汗をかいている人間がいた場合、こちらの男は嘘をつき、あちらの女はヘロインの禁断症状だと見抜けるし、人が咳き込んでいる場合は、喘息がある女と、怯えている男の違いも区別できるらしい。すると、家のなかの誰もが、ジョイの父親の言葉に従っているときでなくても動作を控え、その解読を待たずして小指一本動かせなくなった。ステラはいつしか自らの行動を観察し、調整し、規制しようとしている自分に気づいた。

初めのうちは、ジョイの父親がボディーランゲージを研究しているのだと思っていた。だからステラは、自分が抱いている感情とは矛盾する動きを取って、あえて相手を混乱させて楽しんだ。そんなとき、ジョイの父親は片方の口の端を持ちあげるようにしてただ薄笑いを浮かべた。どういうつもりでそんな顔をするのだろう？　ステラにはわからなかった。もう少しすれば、ジョイの父親だってこんなゲームに飽きるだろうと期待していたけれど、いっこうにその気配はなかった。そのまま観察はつづいた。きっとジョイとあたしがあまりに似ているから驚いているのだ。よく考えてみれば、ジョイの父親はあたしについてほとんど知らないし、パリですれ違ったときだって気にも留めていなかったはずだ。でも今は、自分の可愛い娘が、それもちょっと内向的なジョイが、こんなにも親しい友人と一緒にいる姿を目にして満足しているのだ。それならば、ジョイのパパを喜ばせて幸せな気分にさせよう――そう考えることで、ステラは自分自身を納得させようとした。だが、次第に居心地の悪さを覚えはじめた。

ある晩、夕食を終えたあとに、皆でテラスに出て寛いでいた。食事に招待されていたジョンの家族も一緒だった。ステラはふいに、ジョイの父親が背後にすっと近づいてくる気配を感じた。そのまま驚くほど近くに、自分がいるベンチのすぐ隣に滑りこむように腰を下ろすと、向こうを指で指した。その先にはジョイの姿があった。テーブルの反対側でジョンの娘のエイミーと話をしている。その瞬間、耳元でジョイの父親の囁き声がした。

「ほら、ジョイを見てごらん」

ステラはその姿を見つめた。自分とジョイはまったく同じポーズを取っていた――テーブルの上に肘をついて、その手で顎を支え、足を絡ませるように組んでいる。ジョイのパパはあたしたちがよく似ているのを目にしてほろりとしているのだ。ステラはあらためてそう納得した。それほどまでに自分の娘を愛しているのだ。ジョイのパパが娘に呼びかけるときには、〈私の喜び〉とか〈私の人形〉とかといった言葉を使うのも知っていた。一方、自分の父親はただステラと呼ぶだけだった。


嵐が来るとの予報が出ると、周囲はその話題で持ちきりになった。天気予報によれば、嵐は今日の日中にグリーンポートを襲い、少なくとも二日間は荒れつづけるという。だが、そんな予報が信じられないほど、朝のうちの天気は素晴らしかった。青い空はどこまでも高く澄みわたり、太陽は燦々と輝いている。ポストカードで目にする晴天そのものだった。

それでも十時頃になると、波がうねり、静かだった水面がねじれて歪みはじめた。ステラはジョイと一緒に仰向けで海に浮かんでいた。波は泡だっていないものの、肌がぞくぞくした。

帯状につづく波のうねりが視界に入る。うねりだけで、ほかには何も見えなかった。ステラはジョイと並んで、岸に沿って背泳ぎをした。隣に目をやると、ジョイが目を閉じたまま泳いでいる。どうやらコンタクトレンズを失くさないためらしい。だが、あたしはしっかりと目を見開いていた。澄んだ水が目に映る。海の成分が身体の隅々にまで染みわたっていくようだ。あるいは眼差しの記憶――昨晩、ずっと自分に注がれていた視線の記憶を海水で洗い流そうとしているのだろうか。ふいにステラは自分を嫌らしく感じた。あたしは自分の置かれた立場について勘違いしていたのだ――若い女の子は、近くを通るだけですべて思うままに引きつける磁石のような存在だ。周囲の視線を引きつけ、言葉をかけさせ、幻想を抱かせる。自分の選択とは関係なく、その磁石のような力に砂鉄のほうがくっつこうと寄ってくる。だから、そうした状況に慣れるべきだろうと考えていた。そんなものは可愛らしく生まれた幸運を思えば、たいした問題じゃない。それに時とともに、その磁力がいかに作用しなくなるか気づくだろう。だが考えてみれば、磁力が弱まるのは、それほど居心地の悪いものだろうか?――ふと、そんな思いが頭をかすめた。だが、今は考えごとをしている場合じゃない。まずは目の前の状況に集中しよう――口のなかは塩っぱいし、足先には小石があたっていた。沖に流されて、砂浜がつづく浅瀬を越えたらしい。ステラはジョイのほうに顔を向けた。白い歯がこぼれるのが目に入る。それからジョイを心配させまいと同じ速さでついていこうとした。

ふいに、視界からジョイの姿が消えた。ステラは、ジョイが乾いた砂浜を駆けていく姿を目で追った。急に寒くなったのだろうか。砂浜にはジョイの父親がいた。自分のもとに駆けこんできた娘をバスタオルで包むと、まるで小さな子どもにするように身体をさすっている。だがステラはまだ水のなかにいた。自分も寒くて、歯がガチガチと鳴ったけれど、水着姿に向けられる視線を感じたくなかった。と、ジョイが肩に乗せたタオルをまるで鳥の翼のように広げながらこちらに近づいてきた。「来る?」と言いながら、笑顔で手を差し伸べる。ステラは嬉しくて、その腕に飛びこんだ。自分の肩の上にふわりと広がった翼をジョイがすぐに閉じる。陽の光を浴びたタオルの温もりが身体中に広がっていく。ふと顔をあげると、ジョイの父親が家に向かう姿が見えた。すると突然、ふくらはぎをピシャリと打ちつけるような強風が吹き荒れた。波が大きくなり、押しよせるスピードがどんどん速くなっていく。針を突きたてたように海面が白く逆立つ。天候が急変した。

そのあとの出来事については、どう口にすればいいのか見当もつかない。ジョイの祖母のドッティはトランプゲームに誘われていて、その日の午後、〈ジン・ラミー〉を楽しむ予定だった。一方、ステラはジョイと一緒に政治家の集会に参加することになっていた。ジョイの父親に連れられ、レーガニズムに押されるアメリカを救う政治家——マイケル・デュカキスに会いにいくとの話だった。ちょうどこのあたりで政治キャンペーンを行っていたうえ、ジョイの父親がその政治家に心酔していたのもあるだろう。それにステラ自身も、まさにこれから大学で政治学を学ぶところだった。だが、出発の間際になってジョイが意見を変えた。お腹が痛いから家に残るというのだ。それでも、ステラは自分も一緒に残りたいとは言いだせなかった。この家に招待してくれたジョイの家族から育ちが悪いと思われるのではないかと心配だったし、家族の誰もが自分に親切に接してくれたからだ。それにジョイの父親がひどく興奮していたのもあった。大統領候補者であるデュカキス本人に直接会い、アメリカの歴史における決定的な瞬間に立ち会えるのを心から楽しみにしているようだった。もしこの絶好の機会を逃したら、自分は冴えない学生になってしまうのではないか——そんなふうにステラは考えた。この集会が自分の将来の仕事の足掛かりになるかもしれない。アメリカ政治の転換期を目にする機会などそうそうあるものじゃない。大学に入ったら、先生たちとその話題について話をする機会だってあるかもしれないのだ。つまり自己暗示をかけた。気づくと、見慣れたランドローバーのなかに、ひとりで乗りこむ自分がいた。

集会に向かう道のりは拷問のようなものだった。

ステラは助手席からずっと道路を見つめていた。ジョイの父親が何気なく動かす手が、ふとしたタイミングで自分の太腿をかすめる。何とかかわそうとしたけれど、いくら逃れても無駄だった。ジョイの父親はどんなときでも、その手が身体に触れるように仕向けてきた。サングラスや、あるいはグローブボックスに入ったカセットを探すとき、あるいは車の説明書を取ろうとして、あたしの膝の上に身を屈めるときにすっと触れるのだ。説明書の間に挟みこんだ書類や、保険証に何らかの必要があるのだろうか。次第にステラは不安に苛まれ、腹部に捩《ねじ》れるような痛みを感じた。それでも、すべて自分の思い過ごしに違いないと考えようとした。ともかく、自分の父親とはまったく違った——父は控えめで、自分の子どもに対しても愛情表現をしなかった。だからといって、子どもたちを愛していないわけではなかった。こちらをじっと見据えたまま目を瞬かせる様子だけで、その瞳に愛情を認めた。ただ口にしてはいけない話題も多くあった。もちろん性に関する話はしないし、親密な関係、身体や感情についても触れなかった。父は日中、日曜大工店の売り場で、棚にペンキの缶を積みあげたり、お客さんにヤスリがけや研磨のやり方を教えたりして過ごしていた。一方、ジョイの父親の普段の姿は〈勇敢で非の打ちどころのない警官〉だ。あらゆる見た目の人々と対面し、どんな人物か把握し、調査をする。そうした人々の仕草を読みとり、くまなく調べあげ、すべての出入り口をうかがいながら、二の腕を掴んで、拘置する。そのうえ、怪我人や死体、血や刃物とも直に接触するのだ。そうするうちに、まったく恐れを感じない警官となったに違いない。あるいは、そうしたどんな人間にも共通する感情——恐れこそが、ジョイの父親を警官という仕事に引き寄せたのだろうか。そういえば、ジョイの父親が母親のドッティや娘のジョイの前を通るときには、必ずどこかに触れる様子を目にした。髪に優しく触れたり、頬をつまんでみたり、頬に挨拶のキスをしたりする。至って自然な様子に思えたけれど、自分の家の男性がそんな仕草をするのを今まで一度も見たことがなかった。それを思えば、あたしの感覚に問題があるのだろうか——

そんなふうに考えようとしたものの、やはり気詰まりだった。もう少しリラックスすべきなのだろう。

嵐や帰り道に雷に遭う恐怖について語るのがいい話題とは思えなかったが、ステラは倦《う》むことなく、同じ話を繰りかえした。目的地にはいつかたどり着けるのだろうか。まるで終わりのないドライブをつづけているように思えた。空模様はますます険悪になっていった。雲間から太陽が覗いているとはいえ、道路脇の木々は乱暴なまでに倒され、その幹も枝もあちこちに散乱していた。地面に落ちた葉が渦を巻きながら空へのぼっていく。枝のほうは強風に引きちぎられ、まるで怯えた動物みたいに地面にひれ伏していた。と、その瞬間、車が急にハンドルを切った。ステラは運転席に目をやった。ジョイの父親がしっかりとハンドルを握り直すと、方向を修正した。その口元が緩んでいる。あまりの悪天候に、なんて恐ろしいドライブだとでも感じているのだろうか。ふいに隣から声がした。

「海原を見ておいたほうがいい。素晴らしい場所があるから、そこに連れていきたくてね」

ステラはフロントガラスの向こうを見た。車が二股道に差しかかると、断崖の小道のほうを進みはじめた。

「集会の時間に間に合うんですか?」

「ほんの五分だ。行ってよかったと思うさ」

ジョイの父親の横顔が目に入った。口元に笑みを浮かべている。ステラは思わず目を背けた。

そのまま隣を見るのを避けるように、目の前の道路に意識を集中させた。真っ黒な雲がすぐそこまで迫っていた。その低く垂れ込めた雲に、頭上からぴたりと封をされているような気がした。道の先にモーテルの看板が見える。と、タイヤが軋む音が耳に響いた瞬間、駐車場に滑りこんだ車が急停止した。視線の先に、横に長く延びる白い建物があった。外廊下の向こうに五百メートルにわたって扉がずらりと並び、部屋番号が記されている。ステラはジョイの父親につづいてランドローバーから降りて外に出たものの、まるで向かい風を相手に、見えない岩を押しながら歩いているような気がした。ジョイの父親が自分の肩に手を回すと、受付へと導いていく。たちまち両足から力が抜けていく。じっくり考えることも、この場から逃げだすプランを練ることもできそうにない。ああ、映画に出てくるシーンのように、このまま相手を残して車で立ち去れたらいいのに。そうは思うものの、免許証を持っていなかった。いくつか講義を受けたけれど、このアメリカ旅行のためにお金を貯めるほうを選んだからだ。

建物のロビーに入ると、ブロンドの陽気な感じのする女性が姿を見せた。歌手のドリー・パートンみたいにきちんとセットされた髪型をした女の人だった。ステラは、その女性がジョイの父親に話しかける様子を見つめた。おそらくこんな話をしているのだろう――丁度いいタイミングでおいでになりましたね。ほら、ご覧になって――というのも、ブロンド女性が外を見ながら、目を回してみせるような仕草をしたからだ。その次の言葉は、ステラも理解できた。部屋の予約をしているかどうかを訊ねたのだ。ジョイの父親が「いいや」と答え、つづけて「眺めを見せてほしい」と言ったようだ。受付の女性が部屋のなかに入るように促すと、ジョイの父親はあたしの腕を引こうとはせず、そのまま少し前を歩きながらリビングへと導いた。リビングの奥にはベッドのように大きなソファーが並んでいた。正面の巨大なガラス窓の向こうに海原が見える。そのモーテルはグリーンポートの家同様、海の上に浮かぶように立っていた。ステラはジョイの父親と一緒に窓の前にいた。巨大な波が、ものすごいスピードで何度も押しよせると、目の前で茶色い波飛沫をあげた。建物を支える柱部分に波が砕け散り、激しい波音を立てる。

ふと、ジョイの父親が窓の向こうを指さした。あたしに何かを見せようとしているらしい。そのままこちらに身体を傾けてくると、チューイングガムを噛む音と、その息遣いが耳元で混じり合った。自分の顔のすぐそばにジョイの父親の顔があった。ステラはゆっくりと距離を取ると、その指の方向を見ようと窓の近くへ進んだ。荒れ狂う海の上に、一羽のカモメがいた。その場にとどまろうと懸命に羽を動かしているものの、今にも呑まれてしまいそうなほど大きな巻波に接近している。時おり、突風に押されて後ろに引き戻されはするが、何とか堪えているようだ。一瞬の休みもなく絶えず羽を動かすさまは、まるで機械仕掛けの鳥のように思えた。もうすぐ粉々に砕けて、波に呑みこまれてしまうのだろうか。ステラは涙を堪えようと目をつむった。すぐにまつ毛が引っかかったようなふりをして、瞼をこする。カモメがゆっくり下方に流されていくと、今にも砕け散りそうな波の上でその羽を休めた。そのまま波と一緒に揺られながら、力を取り戻そうとしている。そして、いよいよ波が砕ける瞬間、大きな巻波から逃れて反対側へと消えた。今回は風を受けて、素早く飛び立てたようだ。ステラは部屋にラジオが流れているのに気づいた。すぐに曲紹介とともに、スプリングスティーンの「アイム・オン・ファイアー」が流れだした。

「さあ、行こうか?」

後ろからジョイの父親の声がした。

「どこに?」ステラは思わず振りかえる。

「集会だよ!」

「でも……嵐は? 家に引きかえしたほうがよくないですか?」

ジョイの父親が驚いたような顔で自分をじっと見つめると、突然、声を立てて笑いはじめた。

「ああ、君はそういうタイプなのかい? 風見鶏タイプか! だが、考えてみてごらん。我々が集会に行かなかったら、あの可哀そうなデュカキス候補はどうなる? もし、誰もが君と同じようにふらふらと意見を変えて、家で寛ぐほうを選んだら? デュカキスは自分自身をめちゃくちゃ意志の固い人間だと思っている、そういう男だ! ほら行こう」

ジョイの父親に尻をポンと叩かれると、ステラは身動きできなくなった。部屋を出て、受付の女性と挨拶を交わすジョイの父親の背中が目に入る。最後にもう一度、窓の向こうをちらっと見た。海が轟き、壁のような波がガラス窓に覆いかぶさろうとしていた。窓ガラスが粉々に砕け散ったらどうしようか。とたんに怖くなって、出口へ急いだ。

「さよなら、気をつけてね！」

受付カウンターの向こう側で、ドリー・パートンがウィンクしながら、こちらに声をかけた。ステラは妙な気がした。普通、お客さんが出ていくときに「気をつけて」なんて声をかけるだろうか。そうだ。あの女性はこちらの気持ちをくみとって、優しい気遣いを見せてくれたのだ。自分がどんな窮地に追いこまれているかを理解したうえで、あんなふうに声をかけてくれたのだろう。

ステラは車に戻ると、助手席のドアを開けた。すでにエンジンの音が車内に響いていた。やはり部屋を取るなんてあり得ない話だ。思わずそんな想像をした自分を恥じた。ジョイのパパはこのあたりに詳しいから、あの素晴らしい風景をあたしに見せたかっただけなのだ。それなのに、あたしときたら独りよがりの大ばかものだ。男の人なら誰だって、こちらから望まなくても自分の手に落ちると思っている、男好きの小娘だ。たとえ年をとった男だろうが、聖職者と言われるような男だろうが、誰でも一緒くたに考えていた。

「準備はいいかい？」

ジョイの父親の口から英語が聞こえた。すぐに腕時計に目を落とす横顔が目に入った。ステラは笑顔で頷いた。身体の強張りが解けていくようだった。シートベルトを締めると、車は集会に向かうために、断崖の小道を来たときとは逆方向に引きかえしはじめた。

だが、二股道の分岐点に差しかかったところで、車は左に進路を取った。グリーンポートへ向から道だ。可哀そうなデュカキスを置いていくのだろうか。ステラは訳がわからず、運転席に顔を向けた。

「何だい？　戻りたかったんじゃないのかい？　言ってくれればよかったんだが」

ジョイの父親が前を向いたまま答えた。口元に浮かんでいた笑みはすでに消えていた。大きな雨粒がフロントガラスの上でバラバラと弾けた。その雨音がどんどん速く、強くなっていく。いつしか大量の雨粒が分厚い白のカーテンとなって、外の世界と車のなかを分け隔てた。車内の狭い空間のなかに、ステラはジョイの父親とふたりで取り残された。フロントガラスの向こうは、もはや二メートル先もはっきりしない。車は徐行するよりほかなかった。それにもう間もなく日も暮れそうだった。車内にはふたりの匂いが混ざり合っていた。ジョイの父親のクロロフィルのガムと生乾きの服の匂い、それに自分が出発前につけてきた〈ルールー〉のちょっと癖のある甘い香りだ。それにしても、どうして集会に行くのにオードトワレをつけたりしたのだろう？　もしジョイの父親が、自分の気を引くためだと思ったとしたら？

ステラはいつまで経ってもグリーンポートの家までたどり着けない気がした。運転席から、ジョイの父親が口ずさむ声が届く。さっきラジオから流れていた曲と同じだ。スプリングスティーンの歌詞が断片的に聞こえてくる。何やら英語で口ずさんだあと、軽く口笛を吹き、ハミングをし、再び英語で歌詞を口ずさんでいるようだ。だが、ステラは時おり繰りかえされる、ハミングのあとのタイトルと同じ歌詞――《アイム・オン・ファイアー》と歌う部分しか聞きとれなかった。でもどういう意味なのかはさっぱりだった。ただ、あともう少しすれば自分たちだけじゃなくなる――それだけははっきりしていた。

「一、二、三!」
ジョイの父親のかけ声とともに、ステラはランドローバーの外に飛びだした。頭のなかにあるのはひとつ――ジョイに会って、寛いで、おしゃべりしたい。それだけだった。沸きたつほど熱いお風呂に一緒に入ってから、ベッドに潜りこみ、掛け布団の下で足先をくっつけようかった……ステラは暗がりのなかを走った。ふと、砂利道の向こうの家が目に入った。何かが引っかかった――建物のほうがここよりもずっと暗く見える。明かりが消えているのだ。じゃあ、ドッティとジョイはどこにいるの? 雨粒が服の下まで染みてきた。また、ジョイのパパとふたりきりになるのではないだろうか。そう考えると、足が重くなった。ステラはジョイの父親の仄めかすような言い方が嫌だった。優しい態度を見せたかと思えば、すぐに冷たく突き放すようなところや、必要以上にじっと自分を見つめるところ、それに自分の反応をからかうようなところも嫌だった。でも、ジョイの父親が、おまえの友だちはマヌケだと言って、ジョイのあたしを見る目が変わってしまったらどうしよう。それが怖くてたまらなかった。あたしはいつだってジョイに好かれたかった。ジョイしかいなかった。

ステラは距離を取ったまま、ジョイの父親が家のなかに入っていく様子を眺めた。玄関の明かりが灯ると、父親がもう一度、ポーチ部分に傘を持って現れた。まるで盾のように、こちらに向けて大きな黒い傘を広げている。自分を呼んでいるのだろうが、その声は届かない。荒れ狂う波の音が轟いていた。五十トンを超える水が、一気に押しよせてくるかのようだ。ステラはその場に釘付けになった。横殴りの雨が容赦なく襲いかかる。ジョイの父親が大きく腕を回しながら、身ぶりでこちらに来るようにと言っている。怒っているようだ。だが、動けないとみると、傘をさしてこちらに向かってきた。吹き荒れる風で、その傘が大きく揺れた。気づくと、両手でしっかりと柄を握りしめるジョイの父親の姿がすぐそこにあった。怒鳴り声が聞こえたと思った瞬間、腕を掴まれた。

「いったい何をやってるんだ。来なさい！」

あまりの力に、ステラは抵抗できなかった。そのまま、ただ引きずられた。たぶん、目をつむっていたと思う。足はほとんど地面についていなかったし、驚くほどのスピードだった。子どもの頃、兄がこんなふうにしてつないだ手が離れるまで、自分を引っ張りながら走っていた記憶がある。

ふと気づくと、背後でバタンと扉が閉まる音がした。家のなかは静かだった。あまりの静けさに、ステラは自分が水底にいるような気がした。耳がぼうっとする。水圧で鼓膜が圧迫されているみたいだ。海は轟き、雨は降りつづいていた。上から横から殴りつける雨音が、まるで金庫のなかにいるみたいに幾重にも反響する。と、ジョイの父親の声が耳に届いた。何かを読みあげている。近くのテーブルの上に残してあったメッセージらしい。

「ふたりはジョンとキャロルのところにいるそうだ」

「じゃあ、あたしたちもそこに加わるの？」

ステラは声をあげた。

「あんな地獄のなかを戻りたいとでも？　今日みたいな嵐をなんて呼ぶか知ってるかい？　爆弾低気圧さ。海岸を通ることはできない。海水が家のすぐ下まで来ているからだよ。さっきの道を戻るしかないだろうが、私は外に出るつもりはないよ。よければ、車は貸せるがね」

「でも、免許は持ってないから。じゃあ、歩いていくのは？」

ステラは食いさがった。

「責任は取れないよ、わかっておくれ」

ジョイの父親はそう言うと、奥に向かって歩きだした。そのまま寝室のなかに姿を消したあと、何分か経ってから、頭にタオルを乗せた姿で再び現れた。手には別のタオルを持っている。だが、ステラはまるで門番みたいに扉の前から動かなかった。身体はびしょ濡れだった。こちらに近づいてきたジョイの父親が、あたしの鼻についた滴をタオルでポン、ポンと拭ってから、顔や三つ編みの水分をタオルに吸いとっていく。「それを脱いで」――今度は上着の袖を引っ張った。ジョイが貸してくれた貝パールのボタンがついた赤いカーディガンだった。

「今、ストーブをつけるから、近くに来なさい」

部屋の真ん中あたりに、鋳物製のストーブがあった。長いマッチに火が点くと、ジョイの父親がそのままストーブの口にマッチを投げ入れ、こちらに戻ってきた。

「ぜんぶ脱がないと、風邪をひいてしまう」

ぜんぶ――あの日の服装を、ステラは今でも正確に説明できる――Tシャツにサロペット姿。〈I♡GreenPort〉と胸に書かれた白いTシャツは、グリーンポートに到着した翌日にメイン・ストリートのお店で買ったものだ。サロペットのほうは〈オシュコシュ〉の青と白のヒッコリーストライプのショートパンツタイプ。白地の水玉のブラジャーは〈エタン〉。出発前に、母親のドミノが家の近くのジェネラル＝ルクレール通りのお店で買ってくれた。そして、分厚い綿のおぞましいショーツ――あれについては散々ゴンゾーにからかわれた。ある日、ゴンゾーが洗濯機から取りだした洗濯もののなかから見つけだしたらしい。

「いやあ、たいへんなものが出てきたよ。広げてみたら、ショートパンツみたいにでっかい、おばあちゃんのパンツさ！」

それ以来、ステラはどうしても代わりがないときをのぞいて、そのショーツをはかなかった。

そのぜんぶがびっしょり濡れて、よれよれだった。それでも、ステラは頑として動かなかった。自分が彫像にでもなったような気がした。水を入れた砂時計みたいに、滴が床にポタポタと落ちる音がする。ジョイの父親が何度も風邪をひくからと繰りかえす。だが、ステラは聞こえないふりをした。と、肩のあたりにバスタオルがかかった。背中を拭われている感触がした。身体ががたがた震える。何かまずいことが起きそうだ。「痛っ」――三つ編みを引っ張られて、思わず声をあげた。後ろを振りかえると、その三つ編みの先を咥えたジョイの父親がいた。歯で毛先を挟み、吸いこむような音を立てながら、ゆっくりと首のほうに這いあがってこようとしている。「何をしてるの?」――そう言いたいのに、ステラは口をつぐんだまま一歩も動けなかった。まるで夜空を飛ぶコウモリみたいに、その問いが頭のなかでぐるぐると回りつづける。あちこちぶつかっているのに出口を見つけられない。どうしよう。何か最悪なことをやらかしたのだろうか。でも、この状況よりひどい話なんてあるだろうか。親友の父親に自分の三つ編みを噛まれているより最悪な出来事があるっていうの?

「美味いよ。甘い味がするが、なんだい?」

ジョイから借りて髪につけている〈モノイ〉のオイルだろうか。でも、まだ髪に噛みついたままなのはどうしてなの。それにどんどん呼吸も荒くなってきている。頭のあたりに息がかかる。あたしの頭の匂いを嗅いでいるみたいだ。湿った唇が額に触れる。首筋、舌にまで唇をあててくる。耳に歯をあてたあと、また結んだ髪のほうに下りていく。いったい何をしようとしているの。まったくばかげている、おかしい、狂っている。たぶん、吸血鬼みたいにあたしの血を吸って、殺すつもりなのだ。ジョイのパパは何か自分でも理解できないものに興奮するたちなのだ――ステラはほんの一瞬のうちに、説明がつきそうなありとあらゆる理由を思いうかべた。それとも悪魔崇拝者なのだろうか？　そういえば、行きの飛行機のなかで、アメリカで悪魔信仰が引き起こしたパニックぶりについて書かれた記事を目にした。いっとき、架空の魔道書《ネクロノミコン》だとか、サタンだとか、小説をもとにした架空の神話《クトゥルフ》などが流行していたらしい。

痛い――三つ編みの根元近くが引っ張られた。あたしは馬じゃない――頭のなかに芦毛の野生馬《ムスタング》が浮かぶ。昔、林間学校で自分が乗った馬だ。本当は皆と一緒に道に沿っていかなきゃいけないのに、あの馬は力ずくであたしを連れて窪地に向かって走りだした。落馬しないように、馬の首元にしがみつくほど短く手綱を握ると、その白っぽいタテガミが顔にあたった。と、すぐ後ろからジョイの父親の声がする――「道理をわきまえたほうがいい」。それって何？　誰の話をしてるの？　あたしがわきまえていないと言ってるの？　ともかく、あたしはそうしてるはずだ。こんな状況なのに、動きもしないで静かに耐えている。それを言うならジョイのパパのほうだ。ちゃんと正気に戻るつもりなの？　いや、違う。さらに強い力が加わった。ステラはようやく自分の身に起きようとしていることを、そして自分がなすすべもないことを理解した。即座に心のなかで強く念じた――お願い、ジョイ戻ってきて。だが、その思いもすぐに払いのけた。いや、自分が事の成り行きを見誤っていただけだ。もはや、この身を救う手立ては何もないのだ。あたしは、怒り狂う嵐が門番に立つ家のなかに閉じこめられている。ただ身を縮めてやり過ごすしかない。そうだ、ステラ、身を縮めるしかない。ただ、自分の上や下を何かが通り過ぎていくと思うしかない。すると、突然、何も感じなくなった。吐息も、歯や、舌、手の感触もすべて消えた。ステラは自分の身体も、思考も、三つ編みも切り離すと、すべてを任せた。その瞬間、自分の意識も消えた……。

ステラは二階のベッドで丸くなった。帰宅したジョイが自分の背中に身を寄せてくる。

「ねぇステラ？　寝てるの？　大丈夫？　集会は良かった？」

自分を心配するジョイの声が背中越しに聞こえた。ステラはゆっくりとした呼吸を保ちながら、熟睡しているふりをした。すると、すぐにジョイの寝息がした。激しい嵐が来ていることなど気にも留めていないように、すやすやと眠っている。ふいに、部屋の壁がミシミシと音を立てた。隣の部屋で誰かが起きあがった音だろうか。ステラは耳を澄ました。次第に、その鈍い音が外からやって来ているものだと気づいた――風がひゅうひゅうと鳴り、海がごうごうと音を立てた。雨粒が激しく窓を打ちつける。どうにも眠れそうにない。ステラはベッドから起きあがると窓辺に近寄り、日よけをあげた。グリーンポートに到着した日に目にした穏やかな海の景色は、吹きつける雨と風で白くかき消されていた――今や、目の前の海は、あの日の二倍の体積に膨らんでいるように思えた。実際は、この窓よりずっと下に横たわっているはずなのに、自分の目には違って見える。激しい突風にあおられ、いくつもの大波が泡となって、右に左に、左に右へと飛沫を飛ばしている——込みあげる感情だとか、げっぷだとか、吐き気が突然起きるように、あちらこちらでボコボコと白い泡が湧きたっていた。至るところから白い波が湧きあがったかと思うと、すぐにその場で砕け散る。テラスにあったベンチが波にさらわれ、運ばれていく。まるで、レーシングカーがサーキット場で次々と衝突事故を起こすみたいに、いくつものベンチが波間でぶつかり合う。と、今度は波に突きあげられ、建物を支える柱の部分に衝突する。その瞬間、家全体がぐらついた。ステラはびくっとした。身体がわなわなと震えた。自分で動かしているわけでもないのに、腿と腿が激しくぶつかり合う。暗闇のなかで、自分の視覚がおかしくなったのだろうか。幻覚のようなものがゆらゆらと行ったり来たりする。ほどなくして、足元のしっかりとした床が動きだした。まるでコントロールの利かない機械に乗っとられたみたいに揺れが止まらない。うねるような波が押しよせ、家ごと波に突きあげられ、土台から切り離される。あっという間に渦を巻く海流に呑みこまれてしまいそうだ。家は傾いていた。すぐにこの寝室の出入りもできなくなり、巻波の激しい攻撃を受けるに違いない。波は激しさを増し、互いにぶつかり合い、次から次へと矢尻のような飛沫をあげる。ああ、このまま世界が終わってくれたらいいのに——ステラは心の奥底から願った。ふと、振りかえってベッドに目をやる。ジョイが、手を握りしめたままベッドで眠っていた。

ジョイ

　パパに別れを告げて、建物の外に出たところで携帯電話をちらっと見た。目の前の通りを足早に人が過ぎていく。それぞれの場所に向かう人の流れに交じると、わたしは通りを歩きはじめた。春といっても、まだ寒さが染みる。この空模様だとそのうち雨が降ってきそうだ。さして期待もせずに、わたしは手にした携帯の受信箱を確認した。メールだ、返事をくれた！　ステラがいた！　わたしのステラ！　大切なステラ！　わたしのところに戻ってきてくれた！　待ちきれずに、最初に目についたベンチに腰を下ろすと、まず首にマフラーを巻きつけてから、急いでメールを読みはじめる。ともに分かち合った思い出が喜びとなってあふれだす。懐かしい香りが鼻をくすぐる。ステラがいたお店のあの甘いクッキーの匂い、マフラーに染みこんだ〈ルールルー〉の香り。思わず口元がほころび、胸が熱くなる。ステラも忘れていなかった。ぜんぶ覚えていてくれた。わたしと同じように――〈67ステップス・ビーチ〉も、黄色い食器棚も、焼きマシュマロも、せっかちな男の子たちのことも。だが、突然その甘やかな記憶も香りもいっぺんに吹き飛んだ。わたしは顔を歪めた。一瞬のうちに喜びが凍りつくと、あふれる喜びに満ちた顔がしかめ面にかき消されていく。まるでグリーンポートの白い砂浜がじわじわと泥で覆われていくかのように、心のうちに住みついた不快な感情がねっとりと広がっていった。グリーンポートの港、ゆらゆら揺れる小舟、祖母の家、その友人家族、夏を過ごす町、わたしの夏、子ども時代、幸せな時間――そのすべてが、暗く深い水のなかへ沈んでいく。わたしは狼狽えた。

いや、わたしの思い違いだ。ステラはそんなことを言っていない。再び、水面に顔を出すと、わたしは息を吐いた。あの夏の滞在中に、ステラがそんな卑劣な出来事に遭うはずがない。吐き気がするような、汚らしい光景を目にするなんて。そうだ、わたしは読み違えているのだ。

すぐにベンチから立ちあがると、わたしは通りを歩きはじめた。身体を動かすことで、記憶がはっきりすればいいと思った。すると発電機が稼働しはじめたかのように、奥底に眠っていたあの夏の記憶が呼びおこされていった――グリーンポート駅のプラットホーム、釣り餌の店、フェリー会社、フロント・ストリート、パイプス・コーブからの眺め。いや、グリーンポートの駅以外はそのあとの記憶のはずだ。あれから三十を超える夏が過ぎているなんて――水浴びにピクニック、トランプ(ジン・ラミー)パーティー、そして、大混乱をもたらした未解決の問題……わたしにはステラの話がさっぱりわからなかった。バケツに置き去りにした〈ウィーク・フィッシュ〉の頭や、パパがボディーランゲージに取り憑かれていた話もまったく思い当たらなかった。ステラが予定より早く出発したという微かな記憶さえ残っていない。それにしても、どうしてこれほど自分の記憶と違う話を、わたしは忘れることができたのだろう。自分はあれほど楽しい休暇を過ごしたと思っていたのに、いったいどうなっているのだろうか。まるでつや消しのガラス窓の向こうを覗いているかのように、思春期のふたりの少女が駆けまわり、抱き合う様子がぼんやりと浮かぶ。それ以上は、とりたてて何もない。囁きが聞こえてくる。いったい何の話をしているのだろう？　束の間の恋、夕陽で真っ赤に染まった空、アンディ・ウォーホル、火星の暮らし……何を言っているの、ステラ？　ステラの言葉は捉えどころがない。読んだそばから耳元をすり抜けていく。この言葉遣いに慣れ親しんでいたのはずいぶん前の話だから、判読するのは大変だ。おおまかな意味は見えているのに、時に海底に潜んでいるトビウオみたいに、本来の姿がわからないような表現をする。かと思えば、まるで目眩しにあわせるような言い方をした。ねえ、ステラがそれほど気を遣うなんて、誰とは言いづらい相手なの？　ひとりきりだったから誤解したんじゃないの？　その年上の男性がゴンゾーやほかの男の人たちのように魅力的だったら、性的な欲望を抱くことだってあるでしょ。その話をわたしに打ち明けなかったのは、そんな自分を恥じていたからじゃないの？　自分の欲望を現実と取り違えたのでは？　それに何で危険に近づいたの？　気でも触れてたの？　今のステラはいったい何なの？　誰なの？　突如として、ステラのもとに戻ろうとしていた自分の愚かさを悔いた。だがわたしは変わっていない。ステラがやって来るのを待ちながら、岩陰で夢想にふけっていた頃のままだ。それなのに、ステラはなんて大人になってしまったのだろう？　わたしのパパの振る舞いを間違って解釈するような、訳のわからない別人になったとでもいうの？　ねえステラ、あなたはわたしのパパについて話してるんでしょ！　頭のなかがぐちゃぐちゃだった。いつものように脳が反応してくれない。わたしは歩道の上で立ちすくんだ。ふと花屋のショーウインドーが目に入る。紫の菊だ――明日は〈死者の日〉ではないけれど、反射的にママのお墓を思い出す。やっぱりばかげている。わたしに何をわかれっていうの？　いや、わたしは重要な点を見過ごしている。ステラ、わたしが怒っているのは、あなたがわたしに呪いをかけたからだ。母に見捨てられ、彷徨いながら、何の拠り所もないまま生きてきた自分から、この先も逃れられないと感じたからだ。わたしには家庭もなければ、子どももいないし、結婚の経験もない。相手とも長続きしないし、未来なんて描けない。そして今、名ばかりのわたしたちの友情はどんどん遠のいていき、不可解な謎に包まれた過去のなかにいる。自分の人生そのものが謎に満ちたものに取ってかわられた気分だった。それもこれも、あの話のせいだ――つまり、今日わたしに送ってきたメールがあなたの返事の代わりなの？　ぎゅっと心臓が収縮する。鷲掴みにされたまま粉々に砕けそうだ。これほど激しい苦痛を味わった記憶はない。いくらステラでもそんな権利はないはずだ。

いや、やはりわたしは誤解しているのだ。読み違いに決まっている。ステラはそんな話はしていない。でも、どうすればいいだろうか。まずは、言葉の毒が身体に回るのを避けなくては――わたしはすぐ目の前の花屋に入ろうとした。ステラにどんな理由があるのかわからないけれど、わたしが自分自身の思いつきのしっぺ返しにあったのは間違いなかった。頭を休めて、自分がどんな文面を送ったのか見直してみよう。それにしても、ステラの言葉は実際の話よりも遥かにあくどく感じられる――そのまま花屋の店のドアに手をかけると、呼び鈴の音が響いた。その瞬間、すべてを置き去りにしたまま、思い出の数々が積み重なっていった。自分がこれからしようとしていたことも、言おうとしていた言葉も、一瞬のうちに見えなくなった。わたしたちはなんて若かったのだろうか。もしかしたら、ステラの慢性的な虚言癖は深刻な病気の兆しなのだろうか？　それに、あの唐突に結婚を決めたあとの抑鬱状態の話だって、ほんものの精神疾患の始まりだったのでは？　おそらくステラは精神的に脆かったのだ。そうとは気づかなかったのは、ステラみたいな人にそれ以前に会っていなかったからだろう――わたしはお店の女性の視線に気づくと、軽くお天気の話をし、それから店内に飾られたブーケやアレンジを褒めた。選んだのはアネモネの花束だ。紫色のアネモネ。いや、白いのにしよう。それにしても、ステラは今でも抑鬱状態にあるのだろうか？　それともパラノイアか？　あるいは統合失調症だろうか？　いずれにせよ、今のステラについてわたしは何も知らなかった。三十二年あれば、人は別の人間にも、見知らぬ他人にも、敵にさえなり得る。すべてを悪く思う人間になってもおかしくないだろう。わたしはまだアネモネの色を決めかねていた。赤いのはどうだろうか。この花束は昼食に招待してくれた友人へのプレゼントとして持っていくつもりだった。アメリカ人の女友だちが、ちょうどパリに立ち寄っているエイミーと一緒に自宅に呼んでくれたからだ。エイミーとは、その前に落ち合って軽く一杯飲む約束だった。店員の声が耳に届く。プレゼントですか？——ええ——会計をお願いします——ありがとうございます。一連のやり取りが終わると、再び恐怖が込みあげてくる——ステラは本当にあんな目に遭ったと思っているのだろうか？　わたしは恐怖を払いのけようと、すぐ目についたカウンターの上にある黒い茎をした植物の名前を訊ねた。

「クリスマスローズですよ」

店員の女性の舌のピアスをじっと見つめた。昔、海でしがみついていた浮き輪みたいな輪っかが舌先についている。そんなものをして痛くないのだろうか？

「その昔、精神障害の人の手当てにも用いられたらしいですよ。ものすごく丈夫な花なんで……」

「そっちに変えていいかしら」

結局、わたしはクリスマスローズの花束を選んだ。花束を手にして店の外に出ると、すぐ後ろで扉が大きな音を立てて閉まった。もし、自分を感じよく軽やかな思考の持ち主に見せたいなら、わたしの振る舞い《ボディーランゲージ》は逆効果だろう。通りに戻ると、雨まじりの風が顔を打ちつけた。わたしは冷たいとも思わなかった。それどころか何も感じなかった。エイミーに電話をすれば、ふたりで約束した時間をずらしてもらえるだろう。それに理由をつければ、今日のお昼の約束もキャンセルできるに違いない。頭のなかからステラが離れなかった。今思えば、ステラは母親のドミノに似ていた。ドミノみたいに自由闊達で、感情の振り幅も大きかった。それに花火みたいに人の目を引いた。でも、当時ステラが自分の苦悩をわたしに知らせてくれなかった理由については、どうすれば説明がつくのだろう？　おそらく、わたしではなく、別の友だちとの間に起きた話と混同しているのではないのか？――わたしよりあとに知り合った、別の親友なのでは？　そうだ、十分あり得る話でしょ？　ふと気づくと、わたしはエイミーとの待ち合わせのカフェの前に到着していた。窓の向こうにエイミーの姿が見える。その姿をそっと観察しながら、こちらに気づかれても大丈夫なように自分の顔を取りつくろった――ニット帽をかぶり、携帯電話に没頭しているエイミーの姿は、さしずめエドワード・ホッパーの絵に出てくる帽子を身につけた女性の現代版といったところだ。絵のなかの女性はコーヒーのカップに視線を落としているが、こちらは携帯だった。わたしはエイミーの姿にほっとした。混乱のなかでやっと一息つけた気がした。だが、エイミーには自分が悩んでいる話はしないでおこう。でも、もしあの思い違いがステラが姿を消したおおもとの理由だとしたら？　いや、やはりやめておこう。どんどん話が別の方向に向かっている。今こそ、自分が抱いていた幻想を手放すタイミングなのだ。ステラはわたしが考えていたような人じゃなかった。それで終わりだ。そもそも思春期とは、さまざまな実験をするために研究室に所属している期間みたいなものだ。その年頃の友情が影響を受けやすいのは、変化の真っただなかにある身体が、あらゆる化学的な要素と接触し反応するからだ。それでもいっときの友情ならば、どんな態度を取り、どんな人物なのか理解しようと働きかけもできる。とはいえ変化を起こさせる要因だっていろいろだ。だからこそ、その年頃の友情は長くは持たないと運命づけられているのだ。長続きするのは、そうした規則あっての例外といえるだろう。つまり、わたしは何でもない普通の関係を神聖視していたのだ。ただのマヌケだ。狂っている。わたしのほうこそ、自分を見失っていたのだ。

カフェのなかに入ると、わたしはエイミーの前に腰を下ろした。ふいにエイミーが頭のニット帽を引っ張った。その瞬間、濃いピンク色のカールした髪が、刈り上げられたうなじにかかる。その姿に思わず見惚れた。本当によく似合っている。エイミーにそう伝えながらあらためて思う。ステラ同様、エイミーはいつだって大胆だ。わたしは氷入りのウオッカを頼むと、最初の決心は忘れて、すべてエイミーに打ち明けた。

「でも、彼女が本当のことを言ってたとしたら？」

ステラのメールを読んだあとで、エイミーがそっと口にした。

その晩、わたしは眠りに落ちると、あの夏へと後戻りした。ギンガムチェックのツーピースの水着を着たステラが、浜辺で仰向けに寝そべっていた。膝を立てているのは、腿の内側を日焼けさせるためらしい。わたしも日焼け用のクリームを塗る以外は、ステラの真似をした。当時のわたしはクリームを塗ってきれいに焼こうなんて思いもしなかったけれど、ステラは〈ピーツ・ブイン〉を塗りたくっていた。わたしの視線の先に、ステラのきゅっと丸い膝小僧が目に入る。太陽の光を燦々と浴びて、まるでマドレーヌみたいに艶々としていて美味しそうだ。寝転んだステラはデュラスの小説を読み、いろんな雑誌の心理テストをやっていた。一方、わたしはあいかわらず海岸にいる子どもの遊びをして楽しんだ。砂浜に左右の手で両側からトンネルを掘って貫通させたり、両足を砂のなかに潜らせて寝転がったりした。しばらくして起きあがると、砂の上には肩甲骨と広げた腕の跡がくっきりと残った。水浴びをするときは、バシャバシャと水飛沫をあげながら海に入り、波のなかに飛びこんだ。そして何時間も、繰りかえしそんなふうに遊んだ。だがステラは違った。そっと波打ち際に近づくと、手をかざしてじっと水平線を見つめた。暑さにやられて、桃みたいに頬が色づいている。そのまま足を進めると、優雅に波をかき分けるようにして海のなかに入ってくる。わたしはステラに近づき、一緒に平泳ぎをする。だが何回か泳ぐと、すぐにステラが水から出て、こんがりと日焼けをするために浜辺に戻ろうとする。わたしはあわててステラを呼び止める。「Ｈｅｙ《ヘイ》、ステラ!」――『欲望という名の電車』のラストシーンでマーロン・ブランドが叫ぶみたいに、戻ってきてほしいと声をあげる。でもステラは言うことを聞いてくれない。浜辺で腹這いになって昼寝のほうがいいらしい。わたしは水を浴びせかけるバケツを持ってこなかったのを後悔しながら、ふくれっ面をする。ステラがいたずらっ子を優しくなだめるように自分を扱う。まったくと思うけれど、そのまま放っておく。あと半年あとに生まれていたら、わたしと同じ学年のくせに、ステラには自分を子ども扱いする権利があるらしい。でも、わたしはそんなふうには思わない――だって、ステラはわたしのものだ。湿った砂の上に指で記した〈アバズレ〉だとか〈シリガル〉の文字が、書いたそばから波で打ち消されていく。その様子を、雑誌で顔を覆った隙間から見つめながら、ステラが笑みを浮かべる。

突然、ステラが上体を起こすと、緑色のパレオの上に座ったまま海のほうを見つめる。ジョン・レノンみたいなサングラスの奥の視線が自分に向けられている。そのままステラの唇だけが動く。「アイ・ラブ・ユー」。わたしは急いで流木の枝を探すと、反対側から読めるように、右から文字を綴ろうとする。

《OOOOOOT UOY EVOL I》――「I love you too（アイ・ラブ・ユー・トゥー）」

ステラ、あなたはわたしの人生そのものだった。

それもすべて、わたしの夢だったの？

ステラ

一九八八年の夏の嵐の晩、ステラは目の前の嵐と幻想のはざまで震えていた。それでも、いつの間にかうとうとしていたらしい。目を覚ました瞬間、吹き荒れる雨風が耳に響いた。嵐が落ち着いてくれればいいと願ったけれど、届かなかったようだ。すぐに、窓辺に張りついているジョイの姿を見つけた。初めて雪を目にした子どものように、荒れ狂う海を前にはしゃいでいる。そんなジョイがもし前の晩に起きた出来事を知ったら、わっと泣きだしてしまうに違いない。そして、あたしの話は曖昧で内容が掴めないと文句を言うはずだ。それももっともな話だろう。ステラは何とか自分の感情を抑えこむと、ジョイを守るために口を閉ざした。

何より心配だったのは、ジョイに嘘つき呼ばわりされ、拒絶され、ぜんぶ作り話だと否定されることだった。窓の外はあいかわらずの嵐だった。ステラはジョイとふたりで、話し遊びをしながら時間を過ごした。自分の得意な〈もしも話〉だ――もしも、わたしたちがボウイに会おうと思ったら？　もしも、わたしたちがスイスに行って、毎年ある程度の期間をそこで暮らすとしたら？　もしも、ボウイの息子をナンパしたら？　もしも、その息子を誘拐したら？――さまざまなお題に対して、信じてもらえるような説得力のある話を作りだす。ジョイなら自分の父親とあたしの〈もしも話〉だって、躊躇わずに口にするかもしれない。それでも、たとえ自分がついた嘘に苦しんだとしても、話のつづきを考えるほうがいいと思った。ジョイが責め苦を負うよりはずっといい。実際、ジョイが父親と共謀していたわけでも何でもないのだから、自分の父親にべったりだって構わない。ジョイにとっては、あたしたちのアイドル同様、魅力的な父親なんだから――年齢だって同じだったんじゃないだろうか？　それに崇拝する父親を貶《おとし》められるくらいなら、ジョイがあたしに石をぶつける可能性だってあるだろう。あたしは夥《おびただ》しい石の礫を投げつけられるかもしれない。

　そうして責め苦が始まった。その朝、ステラは目覚めた瞬間からジョイの無邪気さに耐えた。何も知らないジョイの顔を見ると、ジョイがずいぶん遠くにいるように感じた。どこにでも、トイレまで一緒に行っていたのが苦痛に変わった。このままひとりきりになれないと思うと、気が狂いそうで怖かった。耳の奥でジョイの父親の言葉が響く――「道理をわきまえたほうがいい」。もしかしたら、あたしとジョイは同じ人生を別バージョンで生きているんじゃないだろうか。ステラはこれまでになく強く感じた。その数時間後には、もうこれ以上耐えられないと気づいた。先手を打とう――そう覚悟を決めた。ジョイを諦めるのだ。自分が何をしようとしているか理解もしていたし、結果もすべてひとりで引き受けるつもりだった。ステラは父方の祖母の心臓発作を口実に、予定より早くフランスに帰ると伝えた。ジョイには申し訳ないけれど、ジョイが自分を抱きしめようとしてくれたことすら受け入れられなかった。ちくちくと痛みを感じるかのようにジョイの腕を遠ざけた。

ただドッティは、あたしの嘘を鵜呑みにしなかった。ガレージまで探しにやって来ると、優しい声で何があったのかと聞いてきた。孫娘のジョイと口喧嘩でもしたと思っていたようだ。ステラは頼りになる相手を見つけてほっとした。

「息子さんとトラブルがあって……」

ほんの一瞬、ドッティの瞳に人目を気にするような用心深さが覗いた。だが、すぐに優しい微笑みにかき消されると、その声が耳に届いた。

「もう、手に負えないでしょ？　でも悪気はないのよ。もしキスをしてきても、心配はいらないわ」

「いえ、そうじゃなくて……」

ステラは話をつづけようとしたのに、ドッティがすぐに口を挟んだ。

「一度火がついたら、燃えさかるものよ」

ええ、その表現は知っている。優しげな老婦人が好んで使う表現だ。ステラは言葉を呑みこむと、ドッティの顔を見つめた。大きなブルーの瞳が収縮し、その中心部分が黒いまち針のように小さくなっていく。瞳の奥まで覗きこめそうにない。パリの家でジョイと一緒にムサカの晩ごはんを食べるときには、一度も目にしたことがない表情だった。ドッティは何を望んでいるのだろう？ ステラはすぐに理解した。間違いない。その言葉が頭に浮かぶ——あたしはお客さんから見知らぬ他人になったのだ。つまり、ドッティは腹を痛めた子を守るほうを選んだ。警察官であり、アメリカ人の血筋を持ち、権威や権力や法を体現する息子のためだった。ジョイの父親の姿が、ドッティの名付けた〈チキン〉から、獣へ、狼へと姿を変えていく。その父親の前では自分などひとたまりもない。前脚で押さえられ、羽根が抜けた雛鳥だった。くちばしも開けられないまま、黙っているしかない。勝手に羽根をむしられ、利用されたあとで、今度はドッティが自分を細切れにする。ステラは突然、自分が小さなかけらになった気がした。ふいに〈ひとかけの〉という表現が頭に浮かぶ。〈ひとかけの〉女性は〈小柄な女性〉の意味だ。空腹に耐えかねて、〈ひとかけの〉パンをかじり、寒さに震えるときは、〈ひとかけの〉毛布——毛布の端切れがあったらと思う。ドッティの息子——ジョイの父親は、もしあたしの背のほうが高くても、同じ扱いをしただろうか？ 今よりは大きく、自身よりは小さい場合はどうだろう？ もし自分がほかの誰かだったなら？ 自分の何があの男性の狂乱を引き起こしたのだろうか？ どうやって、ドッティの言う〈火〉をつけたというの？ それにどうすれば火を消せたというの？

ステラは逃げだした。ジョイとはグリーンポートの駅のホームで別れた。大きな黒い傘をさしたジョイのほうを振りかえろうとした瞬間、背筋に恐怖が走った。ニューヨークへ戻る列車に揺られていると、さまざまな場面が次から次へと押しよせてきた。グリーンポートでの汚濁にまみれた思い出で、身体がべとつくような気がした。ガタガタ揺れるローカル列車は五分おきに駅に停車した。行きには風情があると思えたのに、「もっとスピードをあげてよ」と運転手に向かって叫んでやりたかった。これじゃあ、人が走っているのと変わらないじゃない――このままでは、ジョイの父親にまた三つ編みを引っ張られるんじゃないだろうか。そう思うと恐ろしくてたまらなかった。ステラは窓の向こうに目をやった。石垣の上に茂っていた草木は風雨でなぎ倒され、土手が崩れてきそうだった。もう間もなく、道路を塞いでしまうのではないだろうか。西部劇に出てくる口笛のように思えた汽笛の音も、今や声にならない自分の叫びのようにしか思えなかった。

ペン・ステーションに降りたつと、太陽の陽射しで大気が燃えあがっているかと思うほどの暑さだった。ステラはそのまま駅を出て、人波に紛れこんだ。こうして人混みに揉まれるうちに、事件の痕跡を消せたらどんなにいいだろう。あたりを目的もなくふらついた。帰りのフライトまであと六日あったけれど、出発日を変更できるほどのお金は持ち合わせていなかった。ふと母親の姿が瞼に浮かぶ。母はあたしが英語圏に滞在するのを喜んでいた。だが、ここから電話をするのはやめておこう。ステラは『バックパッカー・ガイド』を手に取ると、ニューヨークにあるユースホステルに片っ端から電話をかけた。八十八番街にある〈インターナショナル・スチューデント・センター〉以外はすべて満室だった。ガイドブックの地図の上のほうにある、一泊十二ドルのユースホステルだった。ただとてもじゃないが、この重いスーツケースを引いてそこまで移動するのは無理だ。と、ステラは通り沿いの古着屋に目を留めた。あの店で自分の洋服を処分しよう。そのアリババの洞窟のような店のなかはカビくさかった。スパンコールのついたドレスや、タキシード、シルクハットがレジの周りの壁にいくつもかけられている。まるで吸血鬼のパーティーに参加した幽霊たちがずらりと並んでいるみたいだった。ステラはスーツケースの中身を取りだした。自分が死んだ人の洋服を売り飛ばそうとしているような気がした。何枚かあるタンクトップは一枚五十セント、ショートパンツは一ドル、スカートは二ドルだという。並べられた服を目にしたとたん、ジョイの傍らで過ごしたグリーンポートの日々がよみがえる。ポケットの裏側には、まだ砂が紛れこんでいた。ステラはほぼすべての洋服を売り払い、残りは店にあるものと交換した——裾を切ってバミューダにするつもりのジーンズに、ナイロンのウィンドド・ブレーカー、それにミネソタのアメリカン・フットボールチームの紫と白のTシャツだ。着替え終わった自分は別人のようだった。ロングアイランドからマンハッタンまでの電車に揺られていたさっきまでの自分は、すっかり解体されて跡形もなかった。とはいえ、ぜんぶ売ったところでたいした金額にはならなかった——ステラは三十ドルにも満たないお金を握りしめると店をあとにした。

ステラはありとあらゆる界隈を縦断した。こちらのブロックからあちらのブロックに渡りながら、さまざまな通りを歩いていく。人でごった返す通りに、人気のない道、観光客の多い通りもあれば、いかがわしい通り、ゴミが散乱する道、それにおしゃれな通りもある。先のことは何も考えず、どんな場所なのかも理解せず、何を目にしているのかもわからないまま歩きつづけた。ただいくつかの伝説的と言ってもいいような場所に関しては、それとなくわかった。カメラのフィルムもなかったから、自分の目と耳の両方で記憶にとどめようとした。『ウエスト・サイド・ストーリー』に出てくるような外階段のついた建物や、ホームレスの姿――こちらは、パリよりも遥かにらりっている人々が多かった。耳をつんざくようなサイレンが聞こえるたび、警察が自分を探しているような気がした。もし見つかったらどうしよう――ステラはその恐怖から逃れられなかった。ジョイのパパがニューヨーク市警に知らせていたらどうしようか。ジョイの祖母が、ばかげた話の腹いせに、自分が盗みをしたと告発していたらどうしよう。それにジョイまでみんなの肩を持つかもしれない。ふと、映画『ミッドナイト・エクスプレス』の主人公が思いうかぶ。自分の国ではない場所で、刑務所に入れられた主人公の悪夢が我が身に重なる。迷宮のような場所に入れられたら、あたしの両親は自分を見つけだせないだろう。もしかしたら、母親なら誰かのツテをたどれるかもしれないが、父親のほうはまったくどうにもならないはずだ。

何とか暗くなる前に、ステラはユースホステルに到着した。

一緒に部屋をシェアするのは、スペイン人の女の子たちとドイツ人がひとり――ドイツ人の女の子はクリスティーネといった。二十三歳のクリスティーネは同性愛者として生きるために、フランス国境にほど近いカイザースラウテルンの街を出て、ミュンヘンに移り住んだという。だが、ここニューヨークのほうがほんものの自由を感じるらしく、この街に残るつもりだと言った。ステラ自身は女の子とキスした経験もないけれど、クリスティーネに誘われて、翌日ふたりでセントラルパークに出かけた。一緒に、公園にいるリスにアーモンドの砂糖がけの餌をやって、軽くキスをした。この大柄でブロンドの髪に柔らかな肌をした女の子に、特別惹かれたわけではなかったけれど、見知らぬ人と一緒にいると元気がもらえる気がした。ただ、クリスティーネ自身とそれ以上の関わりを持つつもりもなければ、その過去にも興味がなかった。

ステラは常に動き回った。地下鉄《メトロ》に乗るお金もなかったから、とにかくよく歩いた。ニューヨークの街のあらゆる場所を朝から晩まで、八十九セントのホットドッグを片手に歩きつづける。だが、ベジタリアンのクリスティーネは、ホットドッグにうんざりしていた。結局、ステラはクリスティーネと別れて、別行動を取った。

初めのうちは、ガイドブックのおかげで自分の居場所を把握できていたのだろう。だが、ステラはあるとき、そのガイドを部屋に置き忘れた。そして道に迷って、チャイナタウンの理容室で髪を売った。自分の三つ編みが切られて床に落ちた瞬間、その束がなめくじみたいに床の上でゆっくり動いた。鏡に映った自分の姿は、まるで子どもみたいだった。ステラは髪を売って手に入れたお金で、今までで一番美味しい北京ダックを食べた。それなのに、その日の午後には消化不良を起こした。肌にこびりついた恥辱がいつまで経っても拭えなかった。ニューヨークの夏の猛暑から逃れようとして、朝に晩に冷たいシャワーを浴びても、それでも洗い流せなかった。頭のなかで、何度もあのシーンが映しだされるたび、心に備えつけられた古いビデオデッキが八〇年代を録画したテープを早戻ししようとする。その瞬間、擦れるような鋭い音とともに時間が巻き戻された。一旦停止《ポーズ》・再生《プレイ》——ここならどうだろう。ジョイの父親が初めてマイケル・デュカキスの話をしたときだ——これは、あたしがジョイの父親に訴えかけている顔だ。あまりの驚きに、眉をあげたまま、首筋まで強張らせている——ここは、あたしがジョイを本気で探したとき。一旦停止・再生——ジョイの父親があたしをじっと見る目つき——その視線にさらされているのは、捕らえられた雌鹿のような自分——そして、笑顔を浮かべるあたし。自分を勇気づけようとしている——これは風が吹き荒れている光景——一旦停止・再生——ここは、あたしがドッティとジョイに別れを告げている場面だ。近所に住むキャロルとジョンの家で自分にもジン・ラミーのゲームのやり方を教えてほしいと頼めないまま、ひとりで出かけようとしている。一旦停止・再生——ポケットに手を突っこんだまま、車に向かう——そして、あたしは急に取りやめる口実を思いつく。嵐が怖いからでも、生理中だからでも、理由は何でもいい。この流れを変えられるなら、何だっていいはずだ。ステラは自分が経験していないほうの人生にたどり着こうと、あらゆる選択肢をかき集めようとした。もし、ここに戻ったらどうだろうか。それともここなら、あるいはこっちなら――ビデオデッキの内部がカチャカチャと音を立てる。進んだり、戻ったり、テープが壊れてしまいそうだ。そして、とうとう巻き戻せなくなった。ビデオの映像のスピードが遅くなると、ランドローバーのドアを開けようとしている自分の手がアップで映った。その視線が最後に家のほうに向く。もしジョイがあたしを呼び戻してくれたら――だが何も変わらないまま、助手席に座ろうとする姿とドアが閉まる音が重なった。

繰りかえし、そのシーンが再生された。連続上映をする映画館のなかで、途中退出もままならない状態だった。でも、何とかして逃れられる方法があるのではないか――ステラは必死で出口を探した。この人生も、この汚れた身体もあたしのものじゃない。ここを捨てて、どこかに行く手段があるはずだ。ふと、過去の自分の記憶に助けを求めた。カルティエ・ラタンの高校《リセ》に通っていた頃、耳にした言葉。思わず聞き惚れた哲学教師の言葉があった。そうだ、ニーチェだ――《死に至らずに済んだ経験が、自分を強くしてくれる》。この格言を耳にしたとき、いつか自分の役に立つなんて考えただろうか。だが、あの教師は人生とは常に何かしらに脅かされるものだと認めていたのだろう。いや、こんなもの、ばかばかしい。だって、今のあたしは死んでいる。それは自分を強くしてくれるはずの経験に殺されたからだ――ニューヨークの通りを歩き回っているのはあたしじゃない。ゾンビか地獄の亡者だ。

ステラは散り散りに分断されたまま、どうにもできない自分を恥じた。あちこちに散らばる自分を急いでかき集めようとするものの、指の隙間から自分のかけらがこぼれ落ちていく。あのシーンを見るべきじゃなかった。気づくべきじゃなかったのだ。だから、自らを葬ることにした。

　ともかくステラは歩いた。毎朝ユースホステルを出るとき、受付にいる管理人の男性が呆れた顔をした。この炎天下に出かけるなんて信じられないといった様子で首を振る。男性は〈おばかなフランスっ子〉と呼びかけながらも、こちらの身を案じて〈一番街〉を越えないようにと釘を刺す。その一番街の先にあるのは、アルファベット・シティと名付けられたエリアで、それぞれの通りに、A通り、B通り、C通り、D通りとアルファベットが振られ、めちゃくちゃ危険な場所とされていた。この八月の頭にも、そのエリアの中心にあるトンプキンス・スクエア・パークで暴動があったという。警察が麻薬中毒者《ジャンキー》や、住人、通行人までやみくもに殴りかかったらしい。さらに一帯では、ラテン系のとりわけ凶暴なギャングが幅を利かせているとの話だった。すると、話を聞いた同室のスペイン人の二人組が反論した。スペイン人のラファエラとマリアナによれば、そのギャングは〈人種差別主義者のくそったれ〉なだけだから、管理人の話を真に受けるべきじゃないという。そんな理由でイースト・ヴィレッジを避けるなんて勿体ない。これが彼女たちの意見だった。結局、ステラはふたりに連れられ、トンプキンス・スクエア・パークで行われる無料コンサートへ向かった。

　そのめちゃくちゃ危険な公園に着いたのは、まだ明るい昼間だった。会場では、男性のハードコアバンドの〈ブレイクダウン〉が演奏を始めていた。ステラたちは数日前に、そのバンドのメンバーとロウアー・イースト・サイドにあるディスコで出くわしていた。ステージ上では、マイクを手にしたボーカルが、しきりに身ぶり手ぶりを交えながら声を張りあげている。すぐ前の観客席では、興奮した様子の男たちが三十人ほど、ほとんど上半身裸で身体を動かしていた。それぞれが見えない敵を相手に殴り合いの喧嘩をしているかのように、命中しないパンチやキックをあらゆる方向に繰りだしている。時おり、ファンのひとりが小さなステージに駆けあがり、そこから観客席めがけて飛びこんだ。だが、すぐに観客が団結してガードする。人混みの後ろのほうには、まったく身体を動かさない一団もいた。ステラは不格好な紫のTシャツとジーンズのバミューダ姿でやって来た自分を褒めてやりたい気持ちだった。ここにいるのはほとんど男性で女の子のグループは自分たちくらいのものだ。だからこそ、ラファエラやマリアナみたいなぴったりしたパイレーツパンツにタンクトップ姿よりも、自分の服装のほうが安心できた。ふと、ステラはボサボサの髪をした黒人女性に目を奪われた。窪んだ穴のなかで、目を閉じて身体を揺らし、リズムに合わせて頭を動かしている。薬でらりっているのだろうか。ふいに頭のおかしな連中が、その女性を突き飛ばしたかと思うと、まるでボールを扱うみたいに、肘で突き、膝や足で蹴りを入れる。ベンチの上では下着姿のホームレスが、血が滲むまで体をかきむしっている。スペイン人の少女たちはマリファナを吸いながら、にやにやと笑っていた。ステラは自分の思考力が麻痺するのを期待して、ほんの数ロマリファナを吸いこんだ。

だが、反応は逆に出た。マリファナのせいで神経がぴりぴりし、まるで水に浮かんだコルクの栓のように、目の前のものがぐらぐらと揺れて見えた。地面に倒れこもうとするものの、どうにも身動きが取れない。もう我慢できない――騒音が、暑さが、熱狂が、そうしたすべてが、自分の神経系統を痛めつけた。マイクがスピーカーやアンプに近づきすぎてハウリングを起こしている。その鋭い音が耳に刺さる。マリファナの匂い、エーテル臭、汗の臭いが混ざり合ってどうにかなりそうだ。もうダメだ、吹き飛びそうだ。どうすればいいの――あれなら何とかなるだろうか。唯一の解決策に思えた。すぐにステラはステージに向かって駆けだした。そして一挙にその上によじ登ると、ステージの下で蠢く群衆に向かって頭から飛びこんだ。あたしを捕まえないで。そのまま地面に打ちつけられて、このぐちゃぐちゃな状況が終わればいい――と、数多の手が自分の身体の上で溶けていった。

ステラは出発の日を迎えた。頭のなかはニューヨークでいっぱいだった。詰めこみすぎて、隙間もないほど思い出がひしめいている。今となっては、あの小さなグリーンポートの町で自分の身に起きたことも、ただの悲しい出来事のひとつに思えた。ニューヨークで何十キロも歩き、危険な場所もすり抜けてきたのに自分は無傷だった――死に至らずに済んだ経験が自分を強くしてくれたのだ。チキンと呼ばれていたジョイの父親の姿が、鳥のフンみたいに小さく見える。それまでの自分の人生すべてが、芥子粒に見えるほど遥か遠くに離れていった。あのときまで自分はツキに恵まれていた。だから、そうとは気づいていなくても、数多くの危険をかわすことができたのだろう。ステラはかつての自分を思いうかべてみた。今ではビデオゲームに出てくる障害物のように、さまざまな危険な場面が点滅して見える——ほら、ゆっくり行くのよ。自分に声をかけながら、階段の下にいる露出狂を避ける姿を見つめる。アイスを食べているときだって、年をとった女好きの男がいたら場所を移動しなきゃ。それから、母親の男友だちの友だちって人にも気をつけて。キャンピングカーに乗せられて中央高地のラルザック高原で降ろされるから。母親が高原で暮らすヒッピーのコミュニティにちょっとした知り合いがいるからといって、一ヵ月間預けられるんだよ。ステラはヒッピーの男たちの間を縫うように進む自分の姿を目で追う。まさにそのとき現れたのがバベットだ。裏の小川で女性の死体があがったから、ひとりで家の裏の小道に行くような危険な真似はしてはいけないと声をかけてくれる。ひとりじゃなくて仲間たちと水浴びをしていれば、そんな愚か者にもやられずに済むから——ステラは、パン屋から出てくるとすぐに、バゲットを握りしめて急いで過ぎていく自分の姿を見つめる。原付自転車に乗って女あさりをする連中の卑猥な言葉を気にするより、バゲットのほうがずっと大事だよ。どうせ、煙草屋や、食料品店や、おばあちゃんの家から出てくる女の子たちの様子をうかがう以外に何もすることのない連中だから。それに、そんな連中にブス扱いされたとしてもラッキーだと思えばいい。たぶん、薄暗い路地であたしを見かけたんだから——この〈障害物通過訓練〉は、逃げられないゲームみたいなものだった。たいていの場合は助かるけれど、時には命を落とす。だがゲームならば、二度目の人生を始める権利だってあるはずだろう。

トンプキンス・スクエア・パークでの出来事は自分を不死鳥のようによみがえらせてくれた。あの瞬間、このまま終わってしまえばいいと願ったけれど、自分は生まれ変わったのだ。ユースホステルをあとにするとき、まるで奇跡の生き残りだと言わんばかりに、管理人の男性が自分を強く抱きしめた。あたしはこの眠らない街の不死鳥だ。ステラは身体中にエネルギーが満ちてくるのを感じた。ばらばらだった自分が、その強い力によってひとつにまとまっていく。あふれるほどの思考と欲望に全身が覆いつくされていく。一文なしだったけれど、自らの未来を信じることができた。

だが、その幻想は脆くも崩れ去った。

飛行機がロワシー空港の滑走路に着陸するやいなや、すべてが次々と崩れ落ちていった——家に帰っても母親のドミノの姿はなかった。事情を知らないドミノに、ステラはそのまま何日か会えなかった。持ち帰ったスーツケースは空っぽだし、部屋の壁にはジョイと自分の写真があった。しばらくしてジョイがパリに戻ってくると、すぐにいつものように電話がかかってきた。この状況を乗り越えるなんて無理だ。ステラはまた昔の自分に逆戻りした。あたしはジョイの分身——その父親の手のなかにある人形だ。結局、方程式の解は見つからなかった。

ステラは憔悴していた。自分の様子を目にした母親が、すぐに旅行中に何かあったのだと気づいた。母親の質問攻めにあうと、ステラはしまいには話の一部を漏らした。当然のように、ドミノは怒り狂った――あの卑劣な父親に文句を言いにいくといって聞かなかった。だが、ステラは反対した。母親の頭のなかには、以前ジョイの父親に相談したときの様子がよみがえったようだ。〈飛行機〉のトランプゲームの負けを回収にきた二人組のチンピラに殴られたことを、あの卑劣漢が見過ごしたほうがいいと言ったからだ。それでもステラは、絶対やめてくれと頼んだ。もうその話を聞きたくなかったし、忘れるつもりだった。それに、どうするかはあたしの勝手だった。

翌月、九月のひと月をステラは何とかしがみついた。十月になって大学が始まり、新たな仲間と知り合えば、平静を保てるだろうと思った。必死に努力はしたものの、徐々に方向を見失っていった。そして、あの日、夏以来初めてジョイと顔を合わせた。ジョイが十三区にあるトルビアック校舎まで自分を訪ねてくると、一緒にお昼を食べた。その結果、ステラは現実に打ちのめされた――自分たちの間にはもう何も残っていないと悟った。ジョイは爆発で吹き飛ばされ、あたしは一番大事にしていた羽根をむしりとられていた。ふたりの友情は消えていた。跡形もなかった。その日ジョイと別れたあとで、自分がどれほどのダメージを受けているのか考えてみた。すると、ジョイに対して哀れみを覚えている自分に気づいた。その瞬間、自分自身がとっくにばらばらに壊れているのだとわかった。

それからの数カ月は、自分でもどうにもならない日々がつづいた。自分の人格がふたつに分裂すると、ヴィラ・アドリエンヌで暮らす今までの自分は、次第に衰弱していった。そしてもう一方の自分は、パリの東部にある郊外の街――ローニュで週末を過ごした。ローニュとはフランスでアジア系住民が最初に移り住んだ街だった。その場所で、ステラは今まで多少なりとも距離を置いてきた自分のルーツと向き合いはじめた。ラオス出身の父親は驚きを見せたものの、喜んで自分を迎えいれてくれた。ローニュでは、自分のほうが避難民だった。

一方、ヴィラ・アドリエンヌは混乱していた。ゴンゾーと母親のドミノは、長年連れ添っている夫婦のようにいがみ合った。まったく夫婦でもないのに訳のわからない話だった。

ステラは初めて父親にいくつかの質問をした。ラオスについては何ひとつ知らなかった――戦争についても、亡命についても、父親はすべてを自分の胸のうちに収めてきたからだ。父のソンブーンは、若き日の苦難の思い出を語るときもまったく感情に溺れなかった。だが、自分は口をつぐんでいる出来事について冷静に話ができるだろうか。父親の話がまるで講義のように感じられた。これこそ今の自分にとって必要なもの――未来のために学ぶべき知識だった。それにこうも思えた。父親だってこれまでずっと感情を抑えて生きてきたのだから、娘のあたしにも同じことができるんじゃないだろうか。ステラは身を焦がす思い出よりも、氷のような沈黙を望んだ。平穏に暮らすための忘却だった。脳の奥底にあるブラックボックスにすべてしまい込むのだ。耳にしたくもない話を口にするなんてばかげているし、聞くほうだって同じだろう。話を聞かされた相手は想像力を働かせて理解しようとする。そして、こちらの話の内容を理解したとき、身動きできないまま言葉を失うのだ。そんな辱めを受けるなんてまっぴらだ。またあんな思いをするくらいなら、ひとりで抱えこむほうがいい。あたしの父親がパリにやって来たときに、生きていくための緊急手段として選んだのと同じだった。

ステラは父親のおかげで頭のなかを整理できるようになっていった。夏に起きた出来事に関しては、括弧付きの〈事故〉と位置づけて、目に見えない切断手術のように切り離して考えた。もちろん、この言葉遣いが適切ではないとわかっていたけれど、道路で事故に遭って、身体の内部が不自由になったのだと考えると、そのまま交通事故の現場が脳裏に浮かんだ――アスファルトを吹きぬける風、猛スピードの車、衝撃、薄れる意識、愛する人の喪失。あの出来事が〈事故〉に置きかわった。

フランスにやって来た父親のソンブーンは、この地で新たな人生に飛びこんだ。母親のドミノと知り合い、それから別の女性――同じく難民だった女性とともに人生を歩みはじめた。そんなふうにして父は人生の方向転換をしてきたのだろう。ひとつひとつの出会いが未来へつながっていく。そうした父の人生を考えたとき、ステラは自分自身も救命浮き輪になってくれるような相手を見つけねばならないと思った。あたしにとっては死活問題だ――自分を最初に愛してくれる人が、その浮き輪を持っているかもしれない。

そうした思いもあって、ステラは父親の家族にしがみついた。自分はその家族の一員であると同時に、外の人間でもあった。それでも父の家族が、閉じこめられている迷宮から自分を救いだしてくれる気がした。何度も同じ行き止まりの道にぶつかり、親友や、母親や、母の友人や連れの人々に顔を合わせる日々から抜けだせるのでは……ステラは次第に笑顔を取り戻していった。父の家族には、ほとんど顔も合わせていない腹違いの妹がいた。その幼い少女のそばで再び子ども時代の気分を味わいながら、二度目の人生を始めるチャンスが与えられたのだと感じた。

ステラは父親に連れられて、ローニュにあるラオス人のコミュニティに参加するようになった。毎週土曜の午後、地域の公会堂で親睦会が開催されていた。会の代表を務めるのは父親のソンブーンで、その運営も父に任されていた。ステラはそうした会に参加するうちに、父方のおじや、おばや、いとこたちと顔を合わせる機会ができた。そんなある日、その場にいたメンバーのひとりに突き飛ばされた。向こうから走ってきたその男性は、自分の幼い妹を背負っていた。この人こそ、自分の相手かもしれない。結果として、ステラは左右違う色をした彼の瞳に口説き落とされた。

日曜日の晩には、さらに別の親睦会が行われていた。難民として海を渡ってきた少女が、きちんとしたラオス語を身につけるための活動だった。ステラは父親の傍らにいたとはいえ、会に参加したのは自らの選択だった。それ以外に何かできるとは思えなかったし、新たなコミュニティに加わることで、自らの危機にどう対処したらいいかわからなかった自分を葬り去った。

ようやく監獄から抜けだせたのだ。あたしのヒーロー——ボウイが千の顔を持つように、ステラはふたつ目の名前を名乗って、新たな自分を装った——ステラからアノンになった。

そして数カ月後、アノン・サヤヴォンとフェン・タマヴォンの結婚が決まった。ステラはジョイを結婚式に呼ばないつもりだと母親に告げたものの、その約束を守りぬく自信がなかった。結局、自分なりに歩みよったつもりでジョイに招待状を送った。こんなに若くして誰ともわからない相手と結婚すると決めた自分をジョイは軽蔑している。だから、結婚式に姿を見せるはずがないと考えた。それとも、心のなかには別の気持ちがあったのだろうか。たとえ結婚だろうと、あたしは自分の好きなように何でもできる——そんな自分をジョイに見せつけたかったのか。あるいは、ものの測定には不確かさが含まれると物理の授業で習ったように、自分とジョイの関係も曖昧なまま残そうとしたのだろうか。ジョイの姿はあの日の背景のようにぼんやりと霞んでいる。教会の扉が開くのは、誰かが結婚に異議を唱えた場合だ。その扉からジョイが出ていった。つまりあの時点から、あたしの逃亡は始まっていたのだろう。

結婚式の時間が近づいていた。ステラはモンルージュの市役所の向かいにある教会の広場にいた。目の前のサン＝ジャック＝マジュール教会は、刑務所を思わせるような大きな四角い箱形の建物だった。メレンゲのようにふわふわした白いドレスに身を包まれると、自分の身体が地面から数センチ上に浮かんでいるような気がした。招待客が集まっているところには、兄のロックとその奥さん、母親のドミノ、誇らしげな顔をした父親のソンブーンの姿が見える。それから、自分のために珍しい真珠を探してくれた義理の母。そして未来の夫、フェン・タマヴォン。誰もがひどく興奮していた。それなのに、自分ひとりだけ、周囲から切り離されたように動きが鈍くなっていた。身体がばらばらになっていくような気がした。まるで悪夢のなかにいるみたいに、ほんの少し動くだけでも数トン分の重量を感じる。それでも逃げださずに済んだのは、つけ毛のシニヨンを頭に固定するのに、五十本ほどのピンを使っていたせいだろう。その痛みがなければ、あたしは消えてしまっていたかもしれない。

とはいえ、その場から消える方法なら、すでに数カ月前に身につけていた。無論、咄嗟の出来事だった。人は時に思いもよらぬ能力を発揮するものだ。あのとき、特別な何かをしたわけではなかったけれど、ただ呼吸に意識を向け、死なないようにきれいな空気を取りこむことだけに集中した。そうして、すぐに終わるからと自分をなだめるうちに意識が消えていった。

ステラは、教会に到着した瞬間の彼の表情を思い出した。義理の母のルノー5から降りた自分の姿を見て、未来の夫は目を丸くした。それから折り畳まれていたドレスのひき裾を預かると、まるで神話に出てくる動物の尾でも手にしているかのように慎重に広げていった。そして、そのまま自分に近づくのを控えた。おそらく、あたしが思っていたよりもずっと気が利く人だったのだろう。それとも、すでに破滅を予感していたのだろうか……。

しばらくして、まるで早く昇りすぎた太陽のようにジョイが広場に現れた。「あっ」。ステラは思わず声をあげた。あまりに突然だった。見えない泡に包まれて隔離されていたのに、自分がぶつかった衝撃でその泡が弾けとんだ。泡のなかでは守られていたけれど、ジョイが来たら悪い影響を受けてしまうのではないだろうか。だって、ジョイは以前の世界から真っすぐここにやって来たのだ。自分の理性が乱高下した。でも、どうやって知ったのだろう？　夢のなかなら、本当にその人がいなくなったかどうかを覚えていなくて、亡くなった人と顔を合わせることがある。あたしもそんなふうに、うっかりジョイに招待状を送ったのだろうか？

ステラは自分のほうに近づいてくるジョイを見つめた。妖精のスマーフみたいな青いドレスを着ている。すぐ近くで、母親と兄が「行っちゃダメだ」と自分を見つめている。だが、ステラは自分から声をかけた。

「あ！　こんなところで何してんの？」

するとジョイが、甲高い声で楽しそうに笑った。自分が冗談を言ったと思ったのだ。それから一緒に連れてきた男の子を自分に紹介してくれたが、すぐにステラはその場を離れた。新婦は教会のなかに入る時間だと手招きされると、気乗りしない気分のまま祭壇まで手を引かれていった。そして、すがるように母親を見つめた。

「出ていってもらって、ママ……」

しばらくして、母親のドミノがジョイの肩をそっと抱く姿が目に入った。そのまま戸口までジョイを連れていったのだろう。母は数カ月前には当たり前のように自分の話をあっさりと信じてくれ、今日は今日で自分を助けてくれた。そして今、再び自分のすぐそばに戻ってきてくれた。チクタク、チクタク、時が流れていく……。

ステラは祭壇の正面に浮かんだフレスコ画を見つめた。その絵に意識を集中させた。黒と白の巨大なフレスコ画は、鉄筋コンクリートの塔門形の柱で固定されていた。中央には、ゆったりとした光り輝く衣をまとったキリストが描かれている。その姿が今でもはっきりと瞼に浮かぶ。その口元から、自分への言葉が聞こえるようだ――「立ち去りなさい」――「私の光のなかに入ってきなさい」ではなく、そう言われている気がした。教会での結婚式を受け入れたのは母親のためだった。母親のドミノが突然信仰に目覚めたからだ――ともかく娘を救いたい、その一心だった――それからというもの、母は娘のあたしのために、まるでお祓いでもするかのように祈りはじめた。そして教会での式のあとは、仏教徒のフェンの家族のためにラオスの伝統的な結婚式を行った。夫のフェンは、妻から自分への愛の証しだと思った。兄のロックはようやく妹も当たり前の生活を始めるのだと安心した。父のソンブーンは一目惚れだと信じ、母のドミノは一時的な感情だと考えた――あたしは抗不安薬と自分の企みを隠し持ったまま、必要最低限の救命浮き輪を確保した。

ジョイだけが自分の気持ちに気づいていたと思う。こちらから伝えなくても、本当に結婚したいわけじゃないとわかっていたはずだ。ただジョイからは問い詰めてこなかった。だからあたしは、ジョイの憤りを鎮められたのだと思った。連れの男の子の話をつついて、「彼の優しさにやられちゃったんでしょ」とからかいながらも、自分の肩に置かれたジョイの手に優しさを覚えた。「ねぇ、緊張してる？」。ジョイがそう訊ねて、笑みを浮かべる。いつもと同じ笑顔なのに違って見える。教会のなかにいるとき、ジョイはどの席に座ったらいいかわからなかったのだろう。自分の周りには大勢の人がひしめいていたけれど、その集団を押しのけ『卒業』のシーンみたいにジョイの腕のなかに飛びこんでしまえばよかった。心のうちでは、叫び声が、騒ぎたてる声が響いていたのに——「ジョイ！　ジョイ！　ジョイのくそったれ、あたしを見捨てないでよ！」。それなのに口を動かせなかった。あたしは正真正銘の臆病者《マシュマロ》だ。ジョイが出口へと押しやられていくときも、その顔から視線をそらした。そのまま最初に目が吸いよせられたジョイの靴に視線を集中させた。真っ赤なエナメルのバレエシューズ——あたしの妹の赤い足元が、祭壇を覆う繻子織《ブロケード》の敷物の上を滑っていく。そしてジョイが視界から消えた。あたしたちふたりが戻ることはもうけっしてない。その瞬間、あたしは解放された。それよりも許してもらいたかった。

ϟ

ラオスの伝統的な儀式に則った結婚式の準備は大掛かりなものだった。父親のソンブーンは、一軒家の自宅の居間の壁を壊して、魂を安定させるための儀式——〈スークワン〉に招待客を呼べるように部屋を改装した。ステラは働く父の姿を見つめた。父のほうはあたしがどんな経験をしたのか、何も知らなかった。その父が袖をまくったシャツ姿で、石膏ボードの下の土台を打ち壊していく。居間のなかにすっぽりとはめこまれたような間口ができあがると、自分がその空間に守られているような気がした。ジョイや、以前の生活は、すでに考えもしないほど遠く離れたところにあった。ステラは新たな親友のために結婚式の準備をしているように感じた。だが、アノン・タマヴォンという名前で呼ばれて我に返る。あたしはもう以前の名前も苗字も持っていないのだ――でも、それがどうしたっていうの？　だって、これからもこの場所にいるんでしょ？　ステラは鏡に映る自分の姿を見つめた。その手には金色の指輪がはめられていた。艶々と輝く髪、切れ長の瞳、口元のホクロ。このホクロはなんていう名前だっただろうか。淫らな呼び名のことなんて忘れてしまった。ここにいるあたしは、サヤヴォン氏の娘であり、タマヴォン氏の妻だ。それなら母のドミノだって安心するだろう――万事順調だ。

伝統儀式が行われている間、ステラは自分の魂に呼びかけられる言葉に耳を傾けた。身体を抜けだした魂が自分の毛根を通って戻ってくるように、祈りの言葉を捧げるのだという。ふと売ってしまったおさげ髪が頭をよぎる。そのまま視線を落として、合わせた両手を見つめる。まつげ、体毛、右手、左手、足の指、頭に思いうかべた数々の魂が、自分の身体から逃げだしてしまわないようにと願う。この瞳の魂も……。ステラは全身全霊で、ぜんぶで三十二あると言われる魂《クアン》に向かって、自分のもとに戻ってくるように呼びかけた――ああ魂よ！　この手に結ばれた木綿の糸が、その魂を引き止めてくれますように。その生命力も、この身体に、もとあった場所に戻ってきてください。マンハッタンの公園や、空に浮かぶ雲や、パリの道に迷った魂がいたとしても、あたしを見捨てないで！

「あなたがたの長い人生が愛と幸せに包まれたものでありますように。そして多くの子宝に恵まれますように」

祈祷の言葉がつづいた。

そんなにたくさん祈ってなんかいない。

それに何ひとつ手に入れられなかった。

そして数カ月後、ステラはお金をかき集めて逃げだした。あたしの魂は、あたしを見捨てたのだ。いや、それとも迎えにきたのだろうか？　いずれにせよ、いったい誰が三十二の魂がすべて揃った状態で生きることを望むのだろう？

これでひと通りだ。ジョイに伝えなければならない話は済んだ。ステラは自分がすまないと思っている気持ちを書き加えたいと思った。そもそも、最初に頭に浮かんだのはジョイへのお詫びの言葉だった。でも、結局ジョイが訊ねてきたことしか話さなかった。便りを目にする限り、ジョイは今まで幸せに生きてきたようだ。それでいい。彼女は幸運だったのだ。

部屋のなかは深い静けさに包まれていた。夫のファビアンも、娘たちもすやすやと眠っているようだ。ステラはうっすらと差しこむ光に手をかざした。もう身体は震えていなかった。暗闇から抜けだすように立ちあがると、窓辺へ向かった。自分の言葉によって炎がかき立てられ、心の奥底にしまい込んでいた秘密が一気に炙りだされていった。言葉にできた。この言葉をつなぐ声にあたしは支えられている。自分の本当の声があれば、言葉の灯火を絶やさずに済むはずだ。

ステラは窓を開けた。遥か向こうに濃い紫色の空が広がっている。ノートル＝ダム＝ドゥ＝ラ＝ギャルドゥ大聖堂が立つ丘の上のあたりに、乙女座のスピカが白く輝いている。ふと、長女のジャンヌの課外授業に付き添った日を思い出した。生徒たちのなかでも、怖いもの知らずのグループが、大聖堂の内部にあるうんざりするほど長い螺旋階段をてっぺんまでのぼっていった。そうすればマルセイユの街中を見渡せるからだ。ステラは階段の下で待つと決めたが、娘のジャンヌは躊躇いもせず階段に片足をかけた。その小さなつま先で、眺望のひらけた場所を目指して、巨大な大聖堂の内階段をよじのぼろうとしている。あの日、屋上からの景色に子どもたちはキャーキャーと喜びの声をあげただろう。そして今、自分のなかにいる小さなステラが、目眩をものともせず、見晴らしのいい場所にたどり着いた。

ジョイ

　ステラからのメールを目にして以来、わたしは思いもよらない世界に転がり込んだまま、戻ってこられなくなった。たぶん、もう二度と前の世界には戻れないのではないだろうか。まるで自分が初期化されたように感じた――以前のわたしを作りあげていた要素は、もはや何も残っていなかった。

　机の前に座ったまま、自分のアパルトマンを眺めた。禅スタイルとでもいうような、余計なものの一切ない、すっきりした部屋だ。ふと視線をあげて、唯一、手放せないものが置いてある場所へ目を向けた。そこには、風水にこだわっている自分が教えを無視して飾っているものがある――人形の〈Ｎｉ〉。数々の大切な本が置かれた棚の上に、堂々と〈Ｎｉ〉は居座っていた。硬い磁器に守られ、びくともしない様子でこちらに挑みかかってくる。わたしは思わず怯んだ。気分を落ち着かせようと、あわてて窓辺に駆けより、窓の向こうの生き生きとした現実の世界を目にしようとした——街路樹の葉が風にそよめき、キックボードで遊ぶ子どもたちの姿があるはずだ。と、目の前に、まったく違う景色が迫ってきた。ヴォルテール通り沿いのプラタナスの並木は丸裸だった。風に激しくしなる枝が、まるで獲物をめがけて舞い下りてくる巨大な鷲の爪のように、窓ガラスの数センチ先をかすめていく。わたしは気をつけながら外の通りに出ると、いつもの目印を探した。左手にはカフェがあって、右手にはパン屋があるはずだ——ところが、その代わりになるものすら見つからない。正面の建物もすっかり変わってしまっている。でも、通りの斜め向こうには、パパのアパルトマンのある袋小路——〈良き救助小路《ボン・スクール》〉の入り口があるはずだ。だが、その場所にも何も見当たらなかった。わたしの記憶と何ひとつ一致しない。周囲の建物の正面部分《ファサード》もそうだし、自動車の進行方向まで違う。ふと、金属製の青いプレートの文字が目に入った——〈要救助小路《オー・スクール》〉と書いてあった。

訳がわからなかった。悪ふざけとしか思えないけれど、できる範囲で疑ってかかるほかないだろう。ステラを非難し、彼女の話をもう一度問いただすべきなのか。自分が操られているのを自覚して、目の前の景色を手で追い払うべきなのか。いや、まずは落ち着くのだ。深刻に考えないようにしなければ——それにしても、いったい何が起きたというのだろう？　わたしのパパが思春期の少女の三つ編みを引っ張りながら、相手をからかって困らせたというの？　それとも唇を奪った？　じゃあ、何？　もっとひどいことがあったとでも？　わたしだって、紛らわしい態度を取る男性に数えきれないほど不愉快な思いをしてきたけれど、離れてしまえばそれで済んだ。ダメな場合は、そうした状況が終わるようにすればいいだけの話だ。明快な態度を取る。相手にシグナルを送らない。協力的な態度を見せない。もし、それほどわたしの父に対して居心地の悪さを覚えていたなら、どうしてあの集会についていったの、ねえステラ？

あんな話はばかげていると、ステラの話を信じないままでもいられたはずだ。だが、結局信じられなくなったのは自分のほうだった。立ちあがるのはもう無理だ。足も動かないし、頭も真っ白だ。父親の潔白が粉々に砕け散る。耳の奥で自分の声がする——ああジョイ、本当に知りたがり屋ね。だったらわかるでしょう。真実を知りたいと思う、その抑えがたいほどの好奇心に自ら打ちのめされるのよ。自分の考えのすべてが、動かしようのないひとつの結論に結びついていく——でっちあげられた話でないのは間違いなかった。

「マダム、大丈夫ですか？」

若い女の子の声が耳に届いた。わたしは立ちあがったものの、どう返事をしていいのかわからずプラタナスの幹にもたれかかった。通りに目を移した瞬間、自分がヴォルテール通りにいるとわかった。目の前にいる少女はせいぜい十五歳か、十六歳くらいだろう。大きくてがっしりとした体格をしているが、ファーのついたフードから小熊みたいな顔を覗かせていた。

「いえ、調子が悪くて。外の空気を吸わなきゃいけないと思って、外に出たんだけれど、転んだみたいで……」

女の子にはそう答えたものの、調子が悪いどころか最悪だった。わたしは、自信に満ちあふれた若さそのものといった少女の姿を見つめた。ふいに、この少女やその仲間がいる素晴らしい世界が消滅するのではないかと心配になった。気づくと、少女に向かって打ち明け話をしていた。

「わたしが十六歳だった夏の話を……たった今知ったところなの……父親がね……わたしの友だちは何も言わなかったの……わたしは何にも理解していなかった……どうしてなのか知らないままだった……」

わたしは何度も口ごもった。ひとつひとつの言葉が浮かんでくるまで時間がかかる。まるで壺に入ったスープをひと匙、ひと匙すくっているようだった。

「ごめんなさい、勝手に話をして……おしゃべりしたから、遅れちゃうね！　あら、わたしったら、友だちみたいな口の利き方をしたわね？　自分でもわかっているのよ。とっても嫌なことがあったから、つい口を開いてしまったの……でも、どうすればいいのかしら？　どうしたらいいのかわからないの……」

目の前の少女が、「あたしがいますから！」と言うようにわたしの肩に手を置いた。安心させてくれようとしているのだろうか。少女の笑顔は、その身体つきと同じほど、相手をがっしりと包みこむパワーに満ちていた。ただ、その輝きに照らされてもなお、わたしはまだ弁解の言葉を探そうとしていた。次第に、自分のなかに新たな感情が湧きおこるのを感じた。その感情がいずれ自分をすっかり覆いつくし、外にあふれだすほどになるのではないだろうか。わたしは身震いした――この少女はシャーマンか何かなのだろうか？

「そうした人々もいずれ死んでいくんです」

少女の声が耳に届く。まるで長老のように落ち着いた口ぶりだった。わたしは顔をあげた。鋭利な刃物のような視線が一瞬にして消えると、少女が言葉をつづけた――「あなたもおわかりになりますよ、マダム。すべてうまくいきます」。

わたしは自分のアパルトマンに戻ると、床の上に横たわった。坐骨神経痛が突然起きたときの、自分なりの対処法だった。痛み止めの薬も飲んだし、そのうち何とかなるだろう。ともかく、聞き分けのいい自分の脳のおかげで、臆病者《チキン》の家の扉を打ち破らずに済んだし、自分も怪我を免れた。なにしろ、あの軍人そのものの身体つきは、父親本人も認めているように訓練の賜物だ。わたしでは相手にもなるまい。ふと、父の同僚が口にしていた冗談を思いかえした。もし父がわたしを困らせるようなことをしたら、顔を殴りつけてやるからと言ってくれたはずだ。まさに、今のわたしたちの状況だった。

「そうした人々もいずれ死んでいくんです」――あの少女の言葉が頭から消えなかった。その言葉に抗う思いと、認める思いが交錯する。だが、〈そうした人々〉とはわたしの父を指している。だからこそ、簡単に割り切れる話ではなかった。わたしが病気で苦しんでいるときに付き添ってくれたのも、あの独創的な料理を食べさせてくれたのも、母親なしで育ててくれたのも、ひとりで自転車に乗れるようになるまで後部を支えながら走ってくれたのも、学校の書類にサインをしてくれたのも、警察官であるにもかかわらず娘のデモへの参加を認めてくれたのも、ぜんぶ父だった。警察官として、忍耐強く、正義のために働き、シューベルトを愛した。そんな父から、わたしは選択することの重要性や、その世界観を叩きこまれた。棚の取りつけ方や、ゆで卵の作り方も教えてもらった。わたしが部屋を借りるときは保証人になってくれ、引っ越しの日には、家具を運び出してくれた。ほかに誰も認める人がいなくても、わたしの知性を、美しさを褒めてくれた。わたしは父の姓を名乗り、父が人生で一番大切な男性だった。要するに、わたしと父の間には、男やもめと母を亡くした子としての暗黙の協定が結ばれていた。もし不幸が起きたら、父はわたしを守り、正義の味方である同僚たちと一緒に助けてくれると約束した。その父が、何故わたしに不幸をもたらすような真似をするのだろうか？　自分なら、でたらめな言葉を口にしても許されるとでもいうの。ステラに対するこんな虚言を、自分の父親から浴びせられなければならないなんて――「君は自分が予想していたような人生は生きられないだろう。だが、君が望んだ人生さ。君の選択が人生になるんだ。でも、そんな選択はしないだろう。何故なら、君の幸福よりも私の喜びのほうが大切だからだよ。君の未来よりも私の自由のほうが大切だし、望んでいることも、君自身よりも私のほうがよくわかっている。というのも、内心そう思っているのだが、いや隠しだてしなくても、私のほうが、君より価値があるからさ。君は青いが、私は経験豊富だ。君は高校《リセ》を出たばかりだが、私は警察の人間だ。それに君は切れ長の目をしているが、私は白人だ。君は女に生まれてきたが、私は男だ。つまり私を後押しし、正当化する理由は山のようにあるのだよ」とでも言うつもりなのだろうか。

窓の向こうを見つめた。黒く浮かぶ木々の枝が、春の冷たい風に弄ばれている。わたしはその様子をただ見守った。怖くも何ともなかった。もう以前のようにはいかない――何ひとつ。わたしたちの協定は破棄された。

警戒心を働かせるには危険を察知しなければならない。だが、あの頃、七〇年代生まれの女の子だったわたしは、いつだって自分は安全な場所にいると思っていた。ステラの家を訪ねるときも、ゴンゾーやその仲間を、古い価値観を吹き飛ばしてくれる人たちだと信頼していた。そう判断していた基準が男性として信頼できるという意味なのか、それとも人間としてなのか自分でもはっきりしない。わたしはそうした関係に夢中だったし、父の代わりにドン・ファンのような仲間がいることを誇りに思っていた。

それにしても、いつになったら痛み止めが効いてくるのだろうか。わたしは時刻を確かめようと自宅の電話を手に取った。五時十五分——受話器の向こうから、時刻を告げる声がした。その瞬間、初めてステラの話が聞こえた。ステラ、わたしのステラ。あの一九八八年の夏の朝、一目散に逃げていった姿が瞼に浮かぶ。たったひとりで、付き添いもなく、その日のフライトのチケットも持っていないのに、グリーンポートをあとにした。あの日、土砂降りの雨のなか、駅のホームを通り過ぎていった。その目には、それまでの日々もすべて、アメリカの闇に映ったことだろう。《五時十五分、わたしの人生から天使がいなくなった》……。

わたしはすっかり時間の感覚をなくしていた。いったいどこで気力を取り戻せばいいだろうか？　父の戦術は実際行われたものだった。だが、たとえ気力があったとしても、わたしは父を攻撃できるような訓練を受けていなかった。

⚡

言葉だ。ふと頭に浮かんだ。ステラを結びつけてくれたのも、仕事として選んだのも言葉だった。たぶん、これなら先に進める。翌朝、わたしは何とか机の前に腰を下ろすと、父に宛てて手紙を書こうとした。手紙なら直接対決して身体が震える心配もない。かつて、父自身が仕掛けた爆弾のせいで瓦礫となった場所に立つ娘の姿を、その瞳を、これから書く手紙のなかで目にしてほしい。「自分のしたことをその目で見て」——低い声で言い放つ娘の言葉を聞いてほしい。

視線をあげると、あのアンティークの人形の〈Ｎｉ〉に目を向けた。〈Ｎｉ〉は髪を結っているように見せかけて、こちらを威圧している。わたしは、電気が走るような神経痛を引き起こさないように、そっと立ちあがった。棚の上の〈Ｎｉ〉を持ちあげたとたん、白鳥のような首が指の間にからまりつく。そのまま静々と台所に向かって、ゴミ箱のなかに人形を捨てた。コーヒーの出し殻が入ったフィルターでその姿を覆い隠すと、たちまち人形の視線がコーヒーの黒い粒々の下に消えた。埋葬の土がひとすくい、その墓にかけられた。わたしはステラが何を望んでいるのか理解した――平穏な日々だ。だが、わたしにはまだ訪れそうにない。それなら、まずはつづきを終わらせよう。

「くたばれ、くたばれ、くたばれ。人形も、幻想も、幼稚な自分も」

声をあげるうちに、自分の思考がまとまっていく。

わたしたちの間を引き裂いた、あの男の謝罪の言葉を手に入れるのだ。相手が罪を認めない限り、忘れることも、許すこともできない。こちらが沈黙したところで、時限爆弾を抱えているようなものだ。望むのは償いだった。

机の前に戻ると、わたしは〈パパへ〉と綴った。普段なら使う呼びかけの言葉も一切入れない。いや、〈パパへ〉でさえ、あの卑劣な行為に対して生ぬるすぎる。それなら〈臆病者《チキン》〉はどうか。そうだ、チキン――臆病者だ。

わたしはふとエイミーを思った。今頃、何の返事もよこさない自分を心配しているだろう。パリで会ったあとの数日間、笑顔の絵文字がびっしり入ったメールを送っただけで、逃れようもないあの夏の話はそのまま終わりにしていた。わたしは父への手紙を書きながら、恥辱を噛み砕いた。何も知らないままでいた無邪気さを、父親を、自分のいる世界を恥じた……だが、このまま愛が戻ってこなかったら？

揺れうごく気持ちをかろうじて抑えこむと、わたしは連絡も入れずに祖母のドッティの家に向かった。祖母なら自分を怖がらせるはずはないし、それに何があったのかも知っているはずだ。わたしは煙草の煙でくもった、祖母の狭いアパルトマンのなかを行ったり来たりした。悪態をつき、あの臆病者の都合のいいように並べられた嘘を非難した。だがドッティは、もつれた記憶のなかで、ふたつの分岐点の間違ったほうに進んだまま戻ってこようとしない。わたしは強い口調でその言葉を訂正した。

「わたしはジョイよ！　もう、ちゃんと頭を働かせてよ！　ミレーナはわたしのママ！　パパの奥さんでしょ！　わたしはその娘よ！」

「ええ、私はミレーナが誰かよく知ってるわよ。そうはいっても、ミレーナが便りをくれるかもしれないでしょ。あなたには便りがあったの？」

それならステラの名前はどうか。あの名前なら忘れないだろう。ジョイの名前では埒《らち》が明かないのだから。それとも、わたしたちふたりとも忘却の彼方に追いやられているのだろうか。これでは自分の人生はまるごと、大人になりたくなかった少女が編みだした物語みたいだ。まるで姉妹のようでね、わたしたちを引き離すものなんてないと思えたのに……わたしの手のなかで人形たちが声をあげる。ふいに、旅行から帰ってくるときの父親の姿が瞼に浮かんだ。父がわたしにいつも差しだすのは、プレゼントの包みか、空港のビニール袋だった。そのなかに入っている新たな旅の戦利品は、すぐにガラスの戸棚に運ばれ、ほかの人形と並べて飾られた。動きを見せない人形、その微動だにせぬ姿はまるでステラみたいだ——望んでもいない男の手が置かれた身体のように硬直している。新しいお人形は白いブラジャーに大きすぎるショーツをはき、顔には赤と青の稲妻がペイントされていた。わたしは思わず切り替えスイッチのボタンを探した。人形の衣装の下に隠されているはずだ。自動で動く人形のように、それらの人形を作動させ、自力で歩く手段を与えるのだ。逃げるためなんかじゃない。武器を身につけて攻撃するためだ。敵が待ち構えている場所にとどまっていてはいけない。信じられないような現実に向き合うやいなや、頭のなかで数十もの選択肢が次から次へと生みだされていった。そうしてできあがった物語を、もう一度もとの状態に戻していくのがわたしの役目だろう。ステラがしたように、三十年以上前の夏の記憶を高速で巻き戻してから、一旦停止、再生、巻き戻しを繰りかえす……その男の思考に触れた瞬間、わたしは震えが止まらなかった。まったく知らない男がいた。そこにあるのは津波のように激しい欲望だった。

「話しておきたいことがあるの……」

聞き覚えのあるフレーズが耳に届いた。祖母の声だ。ドッティがうつむいて足元を見つめている。何かを躊躇って緊張した面持ちをしているのか、あるいは近くまで来た記憶の糸をたぐりよせようとしているのか、どちらだろうか。すると突然、飛んでいる蝿を捕まえるみたいに、わたしの手首を掴んだ。そのまま、じっとわたしを見つめる。深く染みいっていくような、透き通った眼差しをしている——ああ、そうだ。ステラが言っていた通りだ。ドッティはあの場にいたのだ。わたしと話をしていても何ひとつ浮かんでこなかったのに、ステラの名前には反応した。ドッティは今、わたしが誰なのかも、ステラが誰なのかも、自分が何を目にしたのかも——しっかり理解している。と、その手を緩めた。

「パパはあなたを愛していたのよ。だから、私があなたを守ろうとしたことに感謝してちょうだい」

ジョイが何に苦しんでいるのか、ステラにはわかった――生き残った者の罪悪感だ。よく聞く話とはいえ、むごいことだった。

もし、あの夏、ジョイの気が直前に変わったなら――祖母のドッティと近所の家に行くのを取りやめて、自分から離れないでいてくれたら、そして父親と自分と一緒に車に乗りこんでくれたなら、助手席には自分の代わりにジョイが座っていただろう。ジョイの父親が寄り道をしてモーテルの眺めを見せたいと言いだしたとき、ジョイならぶつぶつ文句を垂れ、いざ、窓ガラスの向こうの荒れ狂う海を目にしたとたん、興奮のあまりその身体を震わせたはずだ。それから、集会に向かう車内で「アイム・オン・ファイアー」を口ずさみ、このままでは遅刻してしまうと父親を急かし、それでいて慎重に運転してほしいと頼んだだろう。そのジョイの言葉に、父親が耳を傾ける。集会では、民主党の立候補者にジョイとふたりで拍手を送る。もしかしたら、あの候補者が選挙で勝ったかもしれないし、それだってあり得ない話じゃないのでは？　その結果、世界の動静が変わったかもしれない。

そしてグリーンポートでの休暇《ヴァカンス》も何事もなく終わり、自分はドッティのもてなしに感謝する。別れ際の挨拶のとき、ジョイの父親の抱擁がきつすぎると感じるかもしれないが、すぐに自由になって、帰りの電車のなかで砕け散ることもなかっただろう。そして予定通り、ジョイとふたりで帰国するまでの数日間をマンハッタンで過ごし、ジョイのお気に入りの絵を鑑賞するために、ふたりでニューヨーク近代美術館を訪れる。税関吏《ドゥアニエ》・ルソーが描いた《眠れるジプシー女》の絵――ステラはそのポストカードを長い間手元に置いていた。ジョイが送ってくれたポストカードの裏面には言葉《メッセージ》が添えられていた――「わたしはステラを守るライオンだよ」。砂漠のなかで、暗い色の肌をした女性がマルチカラーの縞模様のドレスを着て眠っていた。手に杖のようなものを握り、傍らに置かれたマンドリンのほうに身体を向けている。澄んだ夜空には満月が浮かび、その月明かりの下で、一頭のライオンが眠っている女性のバラ色の髪の匂いを、貪り食おうともせずに嗅いでいた。

そうだ、確かにジョイなら自分を守れたかもしれない。そして、この身体にはニューヨークに立ち寄ったときの、ほんの小さな痕跡――肩に入れた赤と青の稲妻が残っているだけだったろう。だからといって、あたしが政治学の教授になれただろうか？　その件については、もうずいぶん長い間、考えたこともなかった。でも、あたしは自分がなれるものになってきた。人が生きていくのに、それ以外何かあるだろうか。

ジョイは今から何とかやっていくしかない。彼女の罪悪感は、彼女自身の問題だ。だが、その元凶については心配しなくていい。もう自分とは何の関係もないし、咎《とが》める気持ちもないから安心してほしい。身体のなかに銃弾の破片があったって、十分生きていける。それに今では自分の身に起きた出来事も受けとめている。ジョイのおかげで、夫のファビアンにもあの出来事を伝えられたし、娘たちにも話すことができた。自分の母親とは電話で話したけれど、母は覚えていなかった。父にも知らせたが、よく理解できなかったようだ。それでも繰りかえし伝えようとした。代わりに父の奥さんや、子どもたちに話した。それから自分の兄や、義理の姉や、甥っ子たちや、姪っ子にまで知らせた。その話を聞いた姪っ子は、去年、叔母さんが襲われたのだと思ったらしい。

ステラは女性の心理カウンセラーにもすべてを話した。もう自分の職場でも隠さなかった。レストランのサービス係にも、掃除の女性にも話した。子どもの学校で知り合いになった保護者や、男性の仲間や女性の仲間、それからエステティシャンや美容師の女性、銀行員の女性にまで話した。銀行員の女性の話では、彼女の姉だか妹は、女性への暴力に反対する会の存在に救われたという。

だが、自分の友人のメールには返事を出さなかった。あまりに時間が経ちすぎていた。ステラは心の友をそのままふたりの過去のなかで——パリの十四区の通りやロングアイランドの砂浜で自由に歩き回らせた。ジョイはいまだに艶々したおさげ髪を垂らした、思春期の少女のまだった。嵐で砕け散る波から逃れるために閉じこめられ、終身刑を言い渡された少女だ。自分もかつてそうだった。今になって、ふたりが再会したところでどうにかなるものでもない。それでも、自分の話を信じてくれて、心の重荷を下ろさせてくれてありがとう。感謝してる。けれど、あたしにとって、ふたりの青春の微かな記憶だけで十分。どうしたって、あれ以上の関係なんて望めないよ。だって理想郷《パラディ》だったんだから。

レストランのお昼の営業時間には、夫のファビアンのプレイリストの曲が店のなかに流れる。ステラはテーブルとテーブルの間を早足で動き回った。曲のリズムと、自分の足の運びが、ぴったり重なっていることにふと気づく。どうやら、春のすべり出しの一日目としては、あらゆる記録を打ち破りそうな勢いだ。ここから数メートル先の細長い入江では、砂利浜は焦げつかんばかりに熱くなり、海はオイルみたいにてらてらと光っているだろう。店のテラス席では、客たちが一足早く、琥珀色の陽射しを味わっている。むき出しになった肩は光を浴びてつやつやと輝き、こちらの目を引きつける。ステラは上機嫌だった。と、プレイリストから聴き覚えのある音がした。ボウイの曲だ。最初のフレーズが鳴ったとたん、腹部に一撃が来ると感じた。

だが、すぐにその痛みははね返され、身体の奥まで届かなかった。あらかじめ防御の姿勢を取ったのだろうか。どうやら今のあたしはやり方を心得ているらしい。ようやくだ。店のなかはざわめきにあふれているとはいえ、ボウイの歌詞ははっきりと聞こえた。もちろん、耳を澄ましているわけじゃない。《僕はきみのすべてを粉々に砕いてしまうだろう……》――チャイナ・ガールに呼びかけるボウイの言葉が耳に届く。ステラは、粉々の廃墟の上に人生を積み重ねてきた自分の姿を思った。一般的には、頑丈な土台の上に積みあげていけと言うけれど、自分の土台は雑然とした寄せ集めのようなものだった。それでも、もう一度立ちあがるのに困りはしなかった。今の自分は、このレストランを夫と一緒に切り盛りしている。夫のファビアンがキッチンで料理をし、自分はフロアで接客をする。冬の閑散期が終わると、レストランには顔馴染みの客たちが集まり、再会を喜ぶ場所となる。そのうち娘たちも、夫と自分のところにやって来るだろう。レストランが休憩時間になり、宿題をするのをふたりは楽しみにしているはずだから。だが部屋に呼びにいく前に、二十分、昼寝の時間を確保しよう。おそらく、それだけじゃ足りないと思うけれど。ステラは店のなかを見渡した。本当によくやってきたと思う。夫とふたりで築きあげてきたこの店が誇らしかった。ひとりでやり遂げたことも、来る日も来る日も、味方になってくれた夫の存在も――あの「チャイナ・ガール」の歌詞が匂わせていたみたいに、あたしは粉々に砕け散ってなんかいなかった。そういえば、〈チャイナ〉の言葉の意味を教えてくれたのはジョイだった。国じゃなくて、素材の〈白磁〉の話だ。自分は白磁の少女の人形のように粉々にならなかった。あたしは自分がされた行為なんてもう問題にしていない。もちろん忘れはしないけれど、思い出に脅かされはしない。ふいに〈一九八八年の夏〉と書かれた文字が記憶のページに浮かびあがる。バカロレアの試験に追われていた春から、大学に入る秋までの日々——あの夏がこの手に戻ってきた。

《Oh《オ》 baby《ベイビ》, just《ジャスト》 you《ユー》 shut《シャッ》 your《チュア》 mouth《マウス》. She《シー》 says《セズ》, sh-sh-shhh《シーッ》. She《シー》 says《セズ》, sh-sh-shhh《シーッ》 ——ねえ、ちょっと黙ってて。僕のチャイナ・ガールが言う。しーっ。しーっ》——あの歌が終わった。

さよなら、ジョイ。この人生が、あたしの選んだ人生なの。あたしの喜《ジョイ》びはもう過去の出来事に邪魔されない。

ジョイ

《あなたの手を握ったのは一九八六年の入学式の日。その手を離すつもりはないし、あなたもそうだと信じているわ。もし、誰かの手が——白い粉をまとった狼のような手が、おばあちゃんの家に避難している子どもを丸めこもうとして、その手をかすめたとしても、わたしはけっして離さない。わたしたちはこんなに想い合っているのだもの。今でもわたしはあなたのものよ。ジョイより》

わたしはステラから届いたメールに返事を出した。マルセイユにも会いにいくと書いてみたけれど、返事は一切なかった。もう二度と連絡は来ないだろう。

ひとつづきだと思っていた自分の人生が分断されると、自分の人生そのものが、抜け殻同然になった。そして今、その抜け殻の代わりに、ほんものの現実が大きな口を開けて姿を見せようとしている。裂け目の向こうに三十年あまりの月日があるのだろうか。

何とも不思議な感覚だった。静けさがわたしの周囲を包み、それから内部に広がっていく。まるでレンズのように分厚い雲が山の頂を覆い、すべての境界線をなくしていくようだった。わたしの人生には、どんな謎が残されているのだろうか？　わたしはまず母親のミレーナに、その忌々しい世界の反対側に想いを馳せた。どうしたらもうこの世からいなくなった母と和解できるだろうか。そんなふうに考えたのは初めてだった。あの母が亡くなった寂れた場所で、母の縁者を頼るべきだろうか。わたしは母からのポストカードが保管してあるケースを取りだした。母がいなくなって最初の半年の間に、わたし宛てに送られてきた六枚の葉書が入っている。屋根の上まであふれた乗客を乗せてデリーの街を走るバス――木のポーズを決めたヨギーの男性――五つの頭を持つ生きものの前でシタールを弾くヒンドゥー教の女神〈サラスヴァティー〉の絵――タージ・マハルの前で槍を抱える近衛兵を写したエア・インディアの葉書――城塞に囲まれた街の上空を飛ぶツバメの大群を描いたイラストと〈ジャイプールへどうぞ〉の文字――それから、開襟シャツと半ズボン姿の髭を生やした男性と〈ようこそベイビー！〉の吹き出し。まさか、これらのポストカードは父とわたしに宛てた母からの招待状だったの？　大人になった目で見ると、確かにそう読みとれた。もし、あの頃わたしがその地を訪れていたなら、ことの流れを変えられただろうか？　もし、そのメッセージの意味を理解していたならどうだろう？

数々の埋もれていた思い出がわたしの胸に押しよせてきた――ある日の夕方、グリーンポートの庭で、母のミレーナがその薬指に光を浮かべた蛍を乗せている。「儚いものだからこそ、どんな宝石よりも美しいのよ」。わたしに囁いた母の言葉が耳に届く――砂浜で巨大な砂の城を作った母が、パパの呼ぶ声を聞いて、わたしと一緒になかに隠れようとする――わたしの知らない言葉で子守唄をうたっているうちに、隣で眠りこんでしまった母の寝顔――キッチンの流し台の上に白いココナッツを置いて、穴を開けようとしている姿。突きたてた包丁がつるりと滑って、手のひらから血が流れているのに平然としている母の表情――それから、パリの家で夜中にパパを罵る声。その晩、わたしは自宅に同級生をお泊まりに呼んでいたのに、ベッドの隣の女の子を震えあがらせることになって、なかなか寝つけなかった。母が罵りながら、パパにハイヒールか何かを投げつけた音がする。

「またやったら、今度は殺すから」

わたしの思い出のなかに、さまざまな表情をした母がいた。わたしが覚えている母は、グリーンポートの家でステラに見せた白黒の顔写真だけじゃなかった。

わたしは母の記憶を取り戻すと、インドの説話や伝説をまとめた一冊の本を購入した。その本のなかで、母が送ってくれたポストカードにあった女神〈サラスヴァティー〉の傍らの生きものこそ、ほかならぬヒンドゥー教の創造神〈ブラフマー〉だと知った。女神の父であるブラフマーは、自分の娘に恋したのち、その娘から常に目を離さぬようにするために五つの頭ができたらしい。

この五つの頭にそれぞれ両の眼を持つ、父なる神の存在を彷彿させるような物語が、この世にはどれほど存在するのだろうか——数々の説話や神話の世界に、近親相姦者である父親の姿がちりばめられている。何故なの?——今のところは、ただ自問するしかない。だが、『ロバの皮』の王様も、「ラ・ベル・エレーヌ・ドゥ・コンスタンティノープル」の皇帝も同じ系統だ……。そうして調べていくうちに、絶対権力を持つ父から逃げだそうとする娘を描いたあらゆる物語は、十三世紀にフィリップ・ドゥ・ボーマノワールによって書かれた「ラ・マヌキーヌ」から着想を得たものだと知った。物語のなかで、ハンガリーの王は妻である王妃と約束を交わす。もし王妃がこの世を去ったら、王妃と瓜二つの女性以外とは結婚してはならぬというものだ。そして王妃の死後、その願いに唯一見合ったのは、ほかならぬ実の娘だった。その王の娘の名前が、綴りは違うものの〈ジョイ〉だと知ってわたしは驚いた。絶対的な権力者である父親は、自分の娘を王妃にする決断を下すが、年若い娘は自分の手を切り落として拒絶する。すると王は、娘を火炙りに処すように家来に命じた。

小さな頃、わたしはこうしたぞっとするような物語が何より好きだった。ただ、それらの物語を通して、あらかじめ善と悪が何であるかを刷りこまれ、その枠組みが自分の思考にまで影響を及ぼしていたとは気づかなかった。物語の世界に比べて自分の父は優しく、自分の人生は幸せだと、あの頃のわたしは考えていた。一方、ギリシャ神話のなかでは、最高神〈ゼウス〉から逃れようとする女神〈アフロディーテ〉が、まるで勇敢な友だちのようにわたしの代わりに危険と戦ってくれた。アフロディーテのおかげで、わたしは最前線で父と戦わずに済んだ。つまり、神話の世界が子どもだった時分のわたしを守ってくれた。そして、神話のおかげで何も恐れずに済んだのだ。

だが、今は違う。眠っていた物語が目を覚ますと、すっかりおかしくなった自分の人生に攻めこんできた。わたしはそれ以来、思いもよらぬ筋書きのなかで、ただ暗い涙に暮れた――ステラの物語だった。神話に出てくる岩清水のように澄んだ涙なんて、現実では考えられない。わたしの目の前で、父の姿が変貌していく。その姿が、狼に、人喰い鬼に、化けものに変わっていった。

日が暮れて、部屋のなかが暗くなった。わたしはお香に火をつけると、母のミレーナの写真の脇に立てた。ほんの一瞬、インドにまつわる思い出がよみがえる。そういえば『サラーム・ボンベイ！』を観た映画館の向かいの店で、カレーを注文したことがあった。だが、わたしには、母の軌跡をたどるためにインドのポンディシェリを訪れるお金もなかったし、たとえお金があったとしても、これ以上母について知りたいとは思わなかった――探そうとしなければ何も見つからないとわかっていた。

父に手紙を出して幾日か経った。ふと、わたしはあの手紙が行方不明になったのではないかと思った。やはり父の家まで行って自分で郵便受けに入れてくるべきだろうか。とはいえ、何でも捨てる癖がある自分は送った手紙のコピーなど残していなかった。もう一度書こう——役所や苦情処理係への書類のように書き直すつもりでいると、朝のうちにわたし宛ての封筒が届いた。表書きには見慣れた父親の文字がある。不安を感じながらも、意思の疎通ができたのだと思うと嬉しかった。だが、封を開けて唖然とした。あの臆病者《チキン》がよこした返事は、レターヘッド入りの用紙に書かれた、まるで仕事の手紙のようなそっけないものだった。

ジョイへ

返事に時間を要したのは、あまりの怒りに、これ以上ない苦痛と疲労を感じたからだ。今でも私の怒りは変わらない。おまえの言葉は著しく名誉を傷つけるようなものばかりだ。いったい何の話について私と決着を見ようというのか？　私はおまえともう話すつもりはない。このような決断を下すのは人生で初めてだ。本当につらいことだ。いつかおまえがいかに自分の言葉が恥ずべきものであったか認める日が来るのを願っている。

フィリップ

何もなかった。

ただの一度も、ステラの名前は出てこなかった。

ただの一度も、逆上している内容に触れる言葉はなかった。

ただの一度も、自責の念や、後悔を表す言葉はなかった。

何もだ。

父親のフィリップは憤慨し、自分が清廉潔白な人間だという誇りを示そうと、二度にわたってわたしの言葉を否定し、激しく非難した。わたしたちは今どこにいるのだろう?

わたしの頭のなかで物語が流れはじめた。


昔々あるところに、チキンという王様がいました。その妃が王のもとを去ってしばらくすると、地球の反対側にある地で亡くなりました。知らせを聞いた王様は苦しみのあまりひたすら仕事に没頭しました。そして来る日も来る日も、法の網をくぐり抜けようとする輩たちと戦いました。一方、王様には、先の結婚で生まれた一粒だねの娘がいました。その娘には〈喜び〉の意味を持つ〈ジョワ〉という心地よい響きの名前が与えられていました。しかし気の毒なことに、男やもめとなった王様には娘の世話をする時間がありません。そこで王様は、自分の娘を檻のなかに閉じこめて、外の世界から守ろうと考えました。そして、その世話を、自分の母親——娘にとっては、おばあちゃんに任せました。

　思春期を迎えた娘のジョワは、亡くなった母親の妃によく似てきました。王様はその姿に驚きを覚えながらも、娘の美しさを褒めたたえました。そして娘をレストランへ連れだすと、自分たちを恋人同士だと勘違いする周囲の人々の反応を見て喜びました。というのも、王様は少女たちの若さそのものが、自分の男性としての力をさらに強めてくれると考えていたのです。給仕の者たちに出迎えられて店のなかに入るときには、その手で扉を押さえたまま恋人のように囁きかけ、娘の腰か肩に手を回してテーブルまでエスコートしました。もちろん、ほんものの恋人らしく見せるためです。恋人同士ではないかと疑われるような雰囲気を醸しだすことが、王様にとっては嬉しくてたまりませんでした。一方、娘のジョワは、そうした父の振る舞いに居心地の悪さを覚えました。ですから、どうにかして曖昧な雰囲気を消そうと考え、王様を〈パパ〉と呼び、食事の間も何かにつけて、会話の端々にパパという言葉をつけ加えました——「お先にどうぞ、パパ。もう選んだの、パパ？　すみません、わたしには普通の水を、父には炭酸入りの水をお願いします。コーヒーよね、パパ？」。

　王のチキンが大勢の女性たちと交際しているのは、誰もが知るところでした。それでも当の王様はけっして女性の数が多すぎるとは思わず、女性への熱意が損なわれることはありませんでした。昔話に出てくるように、実の娘と結婚したいとは言いだしませんでしたが、娘のジョワは、目に見えない父の欲望が、まるで放射線のように自分の身を脅かしていると感じました。

〈これは注意しなきゃいけない状況よ〉――ある日、頭のなかに、『ロバの皮』に出てくるリラの妖精の忠告がよみがえりました。王様の視線をそらすためには、逃げ道を見つけなければなりません。ちょうどその頃、王の娘のジョワは、学校で自分と年齢も背格好も同じような女の子と知り合いました。父の王に先んじて逃げるために、ジョワはある考えを思いつきました。新しい友だちを、自分の分身にしようと考えたのです。その女の子とよく似た服装を身につけ、同じように長い三つ編みを垂らしました。ジョワ自身、髪を編むのが好きだったのと、いつでも一緒にいることがわかるように準備を整えておくためでした。生きのびようとする本能が感情と意識に訴えかけたのです。いざというときには、自分の代わりに友だちを差しだして父親の関心を引きつけるつもりでした。

しかしながら、本人さえ知らないうちに、そのいざというときが訪れました。一九八八年のある夕方、ジョワと友だちはふたりで王家の別荘に滞在していました。王のチキンは、その成熟した、自分の娘ではない少女に襲いかかることに、何の躊躇いも感じませんでした。それまで世の中で覚えてきたやり方通りに少女に接しました。ひとりで招かれた少女のほうは、王様の慎重な態度に惑わされ、その真意を見誤りました。王が何の会話もしなかったわけを理解しないまま、自分を誘きよせようとしていた別荘まで、ただ無邪気についていきました。

一方、その巧妙なやり口のおかげで、王の娘のジョワは父親の危害から逃れて幸せに暮らしました。ただそれ以来、犠牲となった瓜二つの友だちの話を耳にすることはありませんでした。

わたしは息を呑んだ。まるであの日、薪ストーブの前で沈黙せざるを得ない状況に追いこまれた少女のように、一歩も動けなかった。声もあげず、涙も流さず、できるだけ冷静に自分を保つと、そのまま寝室に向かい、洋服ダンスのなかから何着かをバッグに投げ入れ、アパルトマンの扉に鍵をかけて外に出た。まるでロボットのように地下鉄《メトロ》の駅に真っすぐ向かうと、脇目も振らず通路を進んだ。パリ・リヨン駅で降り、長距離列車の案内板の下で立ち止まってみたものの、どこに行くのか決まらない。ともかく今まで足を踏みいれたことのない街に行こう——適当に切符を買い求めるとモンパルナス駅へ向かった。

発車のベルが鳴り響くTGV《テー・ジェー・ヴェ》の車両に飛び乗った瞬間、その後ろで扉が閉まった。列車がプラットホームを抜け、最初に目に飛びこんできた落書きのある壁の前を過ぎ、パリの郊外らしい瓦屋根の家々が後ろへ流れはじめると、再び、逃れられないあの夏の思い出が目の前に姿を見せた。まるで時を遡っているような、あるいは自分自身があの逃げだした少女本人のような気がした。大きな笑い声が耳に届く。ガレージで自然乾燥させていた魚の顔が祖母のドッティにそっくりで、思わずふたりで噴きだしたこと。それから、自転車に乗ったまま、トラクターに牽引してもらって爆笑しているわたしたちの姿。あまりに上り坂がきつくて、わたしは早々にリタイアして路肩の畦道にひっくり返っていた。すると、自分の後ろにわたしがいないと気づいたステラが、わたしの名前を叫ぶ。返事をしようとしたけれど、あまりにおかしくて笑いが止まらない。それからふたりで誓った約束。二〇〇〇年の一月一日の正午きっかりに、いつも授業をさぼったときに過ごしたあのカフェの前で会おうと誓った。たとえ何が起きようと、どんなことがわたしたちの身に降りかかろうと——そう誓ったのに。

ふと男性の声がして、わたしはびくっとした。切符を見せるよう、車掌から声をかけられたのだ。立ったまま眠っていたのだろうか？　席を探そうともしていなかったなんて、まったく何をやっているのだろう。突然、自分の逃亡がばかばかしくなった。まるで遅れてやって来た反抗期みたいだ。といっても、わたしは今まで家出をしようと考えたことすらなかった。次の駅で降りたいと思ったものの、列車は到着地のボルドーまで停車しないらしい。仕方ない。自分が間違っていたのだ。よく考えもせずに列車に乗りこんだせいだ。仕事なら自分が見つけだした事実をどう扱えばいいのかわかる。あの父親《チキン》の否認だってひとつの情報だ。それもかなりの情報だというのに、わたしはどうして一目散に逃げだしたのか？　姿を消さなきゃいけないのは向こうのほうだ。

わたしはボルドーに到着するまでの間、記事を書いて過ごそうとした。事実を詳しく述べるにあたって、ステラの名前は出さずに〈S〉と省略した。だが、〈わたしの父〉という主語はそのまま残すつもりだった。熱くうねるものが胸のうちに湧きあがる。煮えたぎる溶岩のようだ。今まで味わったことのない感覚だった。だが、この激情から生まれたばかりの力を抑え、コントロールし飼い慣らさない限り、じきにわたしもその溶岩に呑みこまれ、焼け爛れた大地の一部でしかなくなるだろう。それどころか、我が身を守るためだけでなく、必要とあらば攻撃さえするよう訓練された、凶暴な獣になるやもしれない——そう、攻撃だ。何かが身体のなかで脈打ち、心臓の拍動を強め、神経を高ぶらせた。ようやくわたしは気づいた。これこそ、ほんものの怒りだった。

　すぐに、わたしは記事の執筆に戻ろうとした。もし当時の〈S〉の話として書けないならば話を現代に置きかえる必要があるだろう。だが、何も見えていなかった自分に気づいた以上、口をつぐむわけにはいかない。わたしはこの暴行罪について書くと決めたのだ。暴行事件の被害者本人ではないけれど、不当な行為があったのも知っている。もちろん、自分も対価を払うべきだとわかっている。わたしには恥辱をともにする覚悟があった。それにジャーナリストとして、現実を映しだす鏡を目を伏せている人々に差しだすことができる。まるで武の女神〈アテネ〉が完全武装した姿で父〈ゼウス〉の額から生まれでたように、わたしは鬨《とき》の声をあげた。憑かれたように記事をタイプする手が自分自身を解放していく。たちまち、ひとつのエピソードが大きな物語を紡ぎだしていった。もはや、ひとりの男を糾弾しているだけではなかった。その姿を、いや、そうした男たち——父親や、主人や、王や、主君といった支配者の姿を通して、ありとあらゆる息苦しさを生みだす世界を見つめ、その世界の死角に光をあてようとした。わたしはそれを無条件の崇拝と名付けた。ようやく自分の仕事の本質を取り戻した気がした。

思い切って父の行為に踏み込んだ判断が功を奏したのだ。すっかり自分に酔いしれると、すぐにでも、この記事をいくつかの雑誌社に持ちこもうと考えた。と、その瞬間、列車が止まった――ボルドーの駅に到着したようだ。わたしは祖母のドッティからメールが届いているのに気づいた。フィリップが――わたしの父が、あのチキンが倒れたと書いてある。

父が倒れたって、どういうことなの。わたしは魔女の謗《そし》りを受けるより先に、魔法が使えるようになったのだろうか？　どうしてこれを偶然だと片づけられるだろう？　だって父親の死を願ったのはこのわたしだ！　ともかく偶然なんかじゃない。自分の半生が過ぎてようやく、自分自身が何を隠蔽してきたのかを突きとめたところだったのに。いや、本当は父親が衰えを見せる年齢なのはわかっている。でも心筋梗塞だなんて。わたしは混乱していた。自分の感情の糸口がどこにあるのかもわからなかった。どうしてなの、こんなの恐ろしすぎる！　こんなに好きなのに！　でも、こんなに恨んでいるだなんて！　悲しくてたまらないのに悔しさが滲んだ。どれほど透き通った涙を流したとしても、その気持ちに愛しかないとしても、《わたしたちはけっして一緒にはいられない》――直ちに駆けつけたとしても。耳の奥で、そう囁くような歌声がする。いや、落ち着いて父のところに戻ろう。今の父はわたしを警戒しているだろうが、それでも帰るのだ。なんて厄介な話なのだろう。

わたしはボルドーから引きかえしてパリに向かった。結局、自分が想像したようなことは何ひとつ起きなかった。革命《レボルーション》もなければ、饗宴《レヴェイヨン》もない。それでも、ただ真っすぐに自分が逃げだそうと決めた人のもとへ向かった。わたしはいったい何を思い描いていたのだろうか？　パリに到着するまで時間はたっぷりある。父親へのジレンマについて、あらゆる角度から考察できるはずだ――それには、ひとりの男性としての姿とわたしの父親としての姿を、アーティスト本人と作品を分けて考えてほしいと言われるように別々に考えなければならないだろう。いや、そんなのは無理だ。できるわけがない。わたしの父は、わたしの親友に暴行したのだ。だが、その父親のもとに、その枕元に、これから自分は向かおうとしている。それに相手からは二度と口を利かないと言われている。そんな状況の自分たちふたりに、いったい何を期待すればいいというのか？　そのまま向こうの罠にかかって抜けだせなくなるのがおちだ。結局、わたしは自分の世界を変えられないのだろう。気づくのがあまりに遅すぎたのだ。かといって、別の手段が思いつくわけでもなかった。首を垂れて、もとの列に戻るしかない。ひとりだけの父親、わたしにとって、父はひとりしかいない。かけがえのない存在だった――つまり、咎めだてなどできないようになっていた。

⚡

パリの十一区、フェデルブ通りの交差点に差しかかったあたりに人だかりができていた。その女性は、勤務先の薬局に向かっていた。角にある〈女性の宮殿〉の建物の前には、ショッピングカートを引いた高齢の女性や、私立中学に通う女子学生たちの姿があった。近くのパン屋の女性や、近所で見かける住人たちも集まっている。どうやら男の人が倒れているようだ。その場に居合わせた女の人の声が聞こえる。男性の苦しそうな様子に気づいて声をかけたが、自宅に戻るところだから大丈夫だと言われたらしい。だが、再び歩きはじめたところで、崩れるように歩道の上に倒れこんだという話だった。薬剤師の女性は、人だかりをかき分け、なかに進んだ。と、その中央に男性が倒れていた。すでに住人のひとりが緊急医療救助サービス《サミュ》に電話をかけ、SAMU《サミュ》の医師から指示を受けているようだ。電話を手にした住人の男性の声が響く——「呼吸があるかどうか確認したら、AEDの機器を探してきてくれと医者が言っている」。AED（自動体外式除細動器）なら、うちの薬局にある——薬剤師の女性は、自分が取ってくると声をかけると、すぐに薬局へ向かった。AEDの機器を持って、急いでその場に戻ってきたが、あいかわらず倒れた男性の意識はなかった。女性はケースに書かれた指示に従い、男性の胸に電極パッドを貼った。そのまま、電気ショックの充電完了を待つと、ショックボタンを押した。直ちに胸郭部分に手をあてて、心臓マッサージを再開する。一、二、三、四……三十まで数えた。女性はこの男性を知っていた。パリの各所でテロが起きたあの日、交差点の向こう側のビストロ〈ベル・エキップ〉のテラス席に、怪我人の救助のため駆けつけてくれた男性だった。落ち着いた様子で、救急車が到着するまでの間、戦場となった現場で自分たちを守ってくれた。それから数日経って、男性の姿を通りで見かけたとき、女性は思わず駆けよりその場で泣き崩れた。優しく慰めてくれる男性をとても繊細な人だと感じた。

心臓マッサージをつづけているものの、男性の反応はなかった。薬剤師の女性は、相手の胸にしっかりと空気が入るように人工呼吸を始めた。再びAEDから電気ショックの指示音声が流れるまで、人工呼吸を繰りかえす。しばらくしてSAMUが到着すると、すぐに女性は救急隊員と交代した。隊員が周囲の人々に患者への処置のため少し離れてほしいと声をかける。SAMUの医師が落ち着いた様子で取るべき手順を的確に指示していく。看護師の女性が男性の気管挿管を行う一方で、救急隊員が心電図の準備を進めていた。その画面を、周囲の誰もが固唾を呑んで見守っている。と、波のない心電図が波形を描きはじめた。薬剤師の女性は横たわる男性を見つめた。そばにいる看護師が息を吹きかえそうとしている男性を励ますように頷いている。医師の女性の声が耳に届く。呼吸が回復したので、男性を担架に乗せて、病院の救命救急センターに搬送するらしい。

「あなたの応急処置のおかげですよ」――医師が自分にかけてくれた言葉を女性は噛みしめた。

一方、病院に運ばれた男性はそのまま手術を受けると、血管の内部が広がった状態を保てるようにステントを挿入した。

⚡

病室の扉の向こうには、薄暗がりが広がっていた。わたしはなかに入ると、ベッドに目をやった。父が薄目を開けて、口元を緩めているように見える。来たわよ、大丈夫なの、どんな感じなの。だが父は動かない。わたしは挨拶のキスもしないまま、ナイトテーブルの前にあった椅子を引っ張りだすと、ベッドのすぐ脇に置き直した。大丈夫だ――甲高い呼吸の音が声となって耳に届く。痛くないの？　いや、今は何ともない。通りで苦しくなったときは、このまま旅立つと思ったよ。これで終わりだと、歩道の上で考えたさ。ところで今は何時だい？　午後の一時よ。ちょうど面会の時間が始まったところよ。もうすぐドッティもやって来るわ。それにしても、正直言って、このサーモンピンクの壁はひどいわね。オフホワイトとかは選べなかったのかしら。それかブルーとか。グレーでもいいけど。いや、でもグレーはお葬式みたいでよくないわ。ねえ、寒くはない？　いや、大丈夫さ。食事はできるの？　どうだか、わからないな。その話は聞いてないんだ。じゃあ、何か欲しかったら言ってね。買ってくるから。病院の前にあるパン屋に立派なキッシュが売っているのよ。ああ、もちろんさ。キッシュか、そうだな、甘いフランのほうがよさそうだな。窓の日除けはあげないほうがいい？　ああ、そのまで頼むよ。一発食らって、ダウンしているからな。それに、また眠るだろうし。身の回りのもので何か必要だったら、パジャマとか、洗面道具だとか、あとで持ってくるからね。いや、大丈夫さ。母さんが来てくれるときに、必要なものはぜんぶ持ってくると言っていたよ。ええ、そうね。でも、もしドッティが忘れてたら、言ってちょうだいね。病院の人たちは親切にしてくれる？　ああ、そんなに多くの人に会っていないけれど、優しく接してくれるよ。ただ、話しかけてくる声がいつも大きくてね。確かに私は年寄りだが、ちゃんと耳が聞こえることをわかっていないみたいなんだ。ねえ、手術のほうはどれくらい時間がかかったの？　わからないよ。教えてもらってないの？　ああ、聞いてない。へえ、そうなんだ。そうさ。

そうだ。こんな感じだ。多くの家族はこんなふうにありきたりな話しかしないものだ。とんでもない不満、恨みなどを話題にしない。過ぎた話を口にすることもない。だからといって、これから直面する未来に必要な話をするような気力もない。それぞれが抱いた期待に裏切られてきたからだ。そしてついには何も期待しなくなる。唯一の砦として残るのは日常のやり取りだ。最後のつながりといっていい。だが、そんな雰囲気には気づかないふりをして、「おはよう」や「行ってきます」など最低限の挨拶をつづける。敵意はないけれど口先だけの言葉で、気持ちも愛情もこもっていない。ぼろぼろの愛をごまかそうとするための義務みたいなものだ。こうした親子愛を描いた宗教画や、親子愛信仰のようなものに人はずっとしがみついてきた。そういうものさ——そうはいってもそういうものでしょ、と心に蓋をする。思い出があるから、子ども時代があるから、ずっとつづくものと決まっているから、神聖な関係だからといって口をつぐむ。だが、わたしの父は手紙に書いた言葉を実行した——わたしとは二度と口を利かないと。そして、病院に運ばれた今も、押し黙ったまま部屋の空気を支配していた。

父は眠っていた。だが、わたしはそのまま病室を出る気になれなかった。

子どもの頃、母のミレーナの死を知らされたときの記憶がよみがえる。あの日、さっと空気が通り抜けたみたいに、部屋の扉が大きな音を立てて閉まった。その瞬間、わたしはびくっとして玄関を見つめた。その向こうに、母が追いだされたような気がした。そして今、わたしは父とふたりで熱のこもった病室のなかにいた。また扉が音を立てて閉まったなら——誰とは口にもしたくないけれど、父かわたしのいずれかが外に残されたという意味だ。思わず、身体が震えた。愛している人がいなくなることを考えただけで背筋がぞっとする。だが、いくら暖房が効きすぎた病室のなかで身を寄せていたところで、いずれどちらかがここから出ていくのだ。目の前にいるのは、本当にあの一九八八年の夏の夕方、嵐に駆りたてられた父親と同じ人物なのだろうか？　それとも、わたし自身が勝手に父への反抗心をかき立てているだけなのか？　薪ストーブの前で身体を温めていたのは、わたしたちふたりのどちらなのだろう？　激しい雨のなかで彷徨っていたのはどっち？　誰が負けたの？　誰が勝ったの？

わたしは父のベッドのマットレスの端に頭を乗せた。父の手を自分の手に重ねて、じっと見つめる。くっきりと浮かぶ静脈、茶色いシミ、手の甲の毛はまばらになっていた。子どもの頃一緒に『幻想曲』を弾くとき、いつも自分の左側にあったその手を見るのが大好きだった。それなのに、今はその手を見るとぞっとした。このままではいけない。これが普通だと思えるようにしなければなるまい。四角い爪、大きな手のひら、指の間の水かき。こうした部分に目を集中させれば好きになれるだろうか——それでもこの手はわたしの父の手だ。すぐそこで枕に頭を乗せて静かに寝息を立てている身体の一部だった。その胸の部分はほとんど上下しないものの、手術着の間から頸動脈が脈打っているのが見てとれた。長年スコッチウイスキーを飲みつづけてきたせいか、その皮膚には生気がなかった。目の下の黒いクマは生死を彷徨った闘いの跡だろう。その瞬間、わたしは自分が恨みを抱いていた人間がもうここには存在しないと気づいた。待って——父を引き止めようと上着の袖を掴む。まだ父自身の口から証言してもらう必要があるのだから——だが、かつての父は、その遺骸のなかに沈んでいった。わたしは誰もいない法廷でただ立ち尽くした。

目の前の男性は、もはや魅力的な〈勇敢で非の打ちどころのない警官〉ではなかった。その姿にかつての面影はなく、すっかり衰弱していた。あの『スパルタカス』の映画のカーク・ダグラスのようなハンサムな顔も、悪党たちを追うために鍛えていた身体も、どこにも見当たらなかった。その全身から活力が失われた結果、今回のような脆さが表に出てきたのだろう。今となっては眠っているただの老人だった。目を覚ましたときには、大好きな娘のわたしに笑いかけてくるはずだ。

ステラも同じだった。その身体は攻撃を受け、その心も暴力にさらされた。それにもかかわらず、ステラ本人が考えていた以上の速度で変化を遂げていた。だが、わたしたちの情熱がよみがえるには、あまりに時間が空いてしまった。今になって燃えるような思いを語っても、こちらに気持ちを向けさせることはできなかった。結局、わたしの預かり知らぬところで、時が双方に力を尽くしていたのだ。父の側にも、ステラの側にも、それぞれに影響を与え、人生をかたち作る手助けをしていたのだろう。

だが、わたしの場合は少し違う。時の力に作用されずに、ただ保護されてきた。現実の外に置かれてきたようなものだ。顔の肌はすべすべとして若い頃のままだし、自ら紡いだ繭のなかに隠れて、何にも損なわれずに生きてきた。周囲の人々は、誰もわたしの本当の年齢を知らないはずだ。わたしは結婚せずにいたし、若い娘みたいなものだった。胸も垂れていないし、お腹もぺたんこだった。それに一度も髪の根元から白髪染めをしたこともなかった。エイミーが初めて白髪を見つけたのは、三十歳のときだと言っていたが、それ以来さまざまな色に髪を染めていたし、授乳のせいで胸が萎んだと文句もこぼしていた。けれど、そうした身体の変化そのものが、生きている証しのようで羨ましかった。それに比べて、わたしの身体には一切時が刻まれていなかった。

だが、ゆっくりと進みながら、少しずつ速度をあげていけばいいのだ。父とわたしの関係も同じだろう。わたしたちには、そうした和解の道が必要なのだ。わたしは父の枕元に顔を近づけ、口元を枕に押さえつけるようにして囁いた。

「パパを許すわ、本当よ。できると思うの。覚えていないものは許せない。それになかったことも許せないわ。わかっていると思うけど時間がないの。だから急いで、パパ……」

人にはさまざまな立場がある。男性と女性の立場、父と娘の立場、それから、傷つけた人と傷つけられた人の立場——そうしたさまざまな立場を超えて、何かしら分かち合えるものはないのだろうか？　言葉にはできないようなほんの些細なことでもいい。それぞれが慈しんでいる人生のほんの一瞬でもいいから、ともにできるものはないだろうか？

　父の目がうっすらと開いた。わたしの手をぽんぽんと叩いている。まるでわたしがここにいるのを確かめているみたいだ。

「何をしてるんだい、私のジョイは？」

　父の声がする。わたしは打ちひしがれていて、言葉がすぐに出てこない。

「祈ってたの」

　ようやく声を絞りだす。

　父の笑い声がする。

「まあ、何とかなるさ。私は丈夫だからな。心配しなくていい！」

　父の入院から数週間が過ぎた。四月のある日、エイミーがアメリカから電話をくれた。携帯の画面に〈エイミー〉の表示が浮かんだ瞬間、メールに返事を出していなかった自分が恥ずかしくなった。わたしは電話に出るとすぐに、もごもごと言い訳の言葉を口にした。するとエイミーが弱々しい声でわたしの話を遮った。

「父親が動脈瘤の破裂で倒れたの。砂浜を犬と散歩しているときに」

その犬の鳴き声に母親のキャロルが気づいて、窓越しに浜辺を覗いたのだという。最初は浜に打ちあげられた丸太が転がっているのだと思ったが、すぐに人だとわかったらしい。だとしたら、自分の夫しかいない——キャロルはすぐに全力で駆けだした。夫のジョンの身体に波が打ちよせている様子が、まるで砂の城が少しずつ崩れていくようだったという。すぐそばまでたどり着いたときには、ジョンの着ていた服はぐっしょりと濡れていたらしい。

〈そうした人々もいずれ死んでいくんです〉——あの言葉が、エイミーの言葉遣いに変わったかと思うと、すぐにわたしの脳内に響いた。「いずれ死んでいくんだよ」——父がフェデルブ通りで倒れたときに、居合わせた薬剤師の女性に助けてもらえなかったなら、その言葉を耳にしていたに違いない。

「なんてつらいこと、エイミー……本当に残念だわ……」

そう声をかけた瞬間、自然に言葉がつづいた。

「行くわ。待ってて。チケットを取って、行くから」

わたしは何の考えもなしに口にしていた。

だが、父親は弱っていて一緒に行けない。それに祖母のドッティのほうは、状況を呑みこめずにいた。前の年にジョンの埋葬に参列したと言ってきかなかった。わたし自身も自分の置かれた立場をよく理解していなかった。自分があの犯行現場に行こうとしていることに気づいたのは、フランスを発ってからだ。まったくあとの祭りだ。数週間前に見えない力に押されて列車に飛び乗ったように、今度はアメリカ行きの飛行機に乗りこんでいた。それにしても、これほどフライトが長く感じたのは初めてだった。向かい風のせいで、機体の速度をぎりぎりまで落とすしかなくて、嵐のなかを飛ぶ鳥みたいに、その場にとどまっている状況なのだろうか？

わたしは洗面室に向かった。その扉を開けた瞬間、照明に照らされた自分の顔が鏡に映った。眉間にも、口元にも、目尻にもくっきりと皺が刻まれている。一気に年を取っていた。わたしはグリーンポートで過ごしてきた夏を想った。あの場所で、毎年友人や近所の人々に再会する喜び、繰りかえされる日常を想った——グリーンポートの家族の家は、わたしの人生とともにある隠れ家だった。そこにいれば、常に自分が守られていると感じた。ほかのどの場所にいるよりも、我が家にいるような気がした。懐かしい木材やペンキの匂い、磯の香り——これらはほんのいくつかの例にすぎない。だが、もし家に到着したとき、そのすべてが消え去っていたらどうしよう。そう考えると恐ろしかった。わたしの過去は海中にある宝箱のようなものだ。その箱をいきなり海底から引きあげたなら、おそらく外部の衝撃に耐えられまい。箱の中身を太陽のもとにさらされ、過去の思い出の輝きも陰影もすべて消え失せるだろう。あとには細かく砕かれた石ころの山が残るだけだ。子ども時代のすべてが消えてしまうのだ。だとしたら、このわたしに何が残るというのだろうか？

わたしは空港で借りた車を運転して、グリーンポートにたどり着いた。キャロルとジョンの家の近くまで来ると、速度を緩めた。やはり、自分の家に向かうのはあとにしよう。と、車を停めて外に出たところで、エイミーが現れた。

「やあ、来たね！」

エイミーがわたしを抱きしめた。目の前のエイミーは、自分よりもずっと背が高くて、がっしりしていた。あまりにエイミーが強く抱きしめるから、わたしはその腕のなかにすっぽりと埋もれてしまった。それでもエイミーを慰められるのは、このわたしに違いない。母親のキャロルの柔らかな声が聞こえて、ようやくわたしは顔をあげた。

「あら、いらっしゃい！　どう、いい旅だった？　嬉しいわ、来てくれて！　疲れていない？　お父さんの調子はいかが？」

キャロルの声がするすると流れていく。いつもと変わらぬ、輝くような笑顔を浮かべたまま、すべてを隠し通そうとしているように見えた。わたしは必死に話題を変えようとしたけれど無理だった。キャロル自身が、最初からわたしにその話をさせないようにしていた。そのままキャロルが父親の話題をつづけた。

「窮地を救われたんですって？　本当によかったわ、奇跡ね！」

「でも、ゆっくり休まなくてはね」

「お気の毒ね。あんなに活動的なんですもの、じっとしているのはおつらいでしょう。あなたも怖かったでしょう。可哀そうに」

「キャロル」わたしはようやく口を挟んだ。

「ジョンがいなくなるのが、わたしたちは本当に寂しくて……」

「さあ、テラスで食事にしましょう！」

毅然とした声で、キャロルがわたしたちに移動するよう促した。

「あなたのために、クラブケーキを作ったのよ！」

すぐに、その声が追いかけてきた。


テラスは清々しい空気に満ちていた。ひんやりとした薄曇りの空とはいえ、ほのかな春の陽射しも感じる。これなら正面に海を見ながら、十分食事ができそうだ。そういえば、わたしは夏にしかここに来たことがない。四月のグリーンポートは初めてだった。ふと今の自分は、暗記しているほどよく知っている舞台装置を、まるでその裏側から目にしているような気がした。目の前にあるものはすべて同じなのに、薄暗い舞台裏にいるみたいだった。そこには夏向きの気取った景色ではなく、もっと素朴で、むきだしの美しさがあった——剣先がしなるような風が吹きぬけ、灰色の波がうねり、鈍い陽の光がゆらめいていた。と、キャロルの声が聞こえた。

「ここから動いちゃダメよ」——有無を言わせぬ口ぶりでわたしたちに声をかけると、足早に部屋のなかに戻っていった。どうやら飲みものや、すぐに食べられそうなものを取りにいったらしい。その姿をエイミーが目で追った。それからわたしのほうに向き直ると、知ったふうな顔で呟いた。

「立ち止まったら、自分が消えてしまうと思ってるのよ」

わたしは疲れのせいか、また自分が分裂していくような気がした。目の前には、いつもの見慣れた海が広がっていた。砂浜に波が打ちよせるたび、その細かな泡が、きらきらと輝くベールのように砂の上を覆いつくす。と、瞬く間に次の波が砕け散り、砂浜は透明な水で覆われていった。空は晴れわたり、水平線の向こうにはコネチカット州の海岸線がくっきりと浮かんでいる。わたしのよく知る景色だった。すると突然、その景色に思いもよらぬ映像が重なった。波打ち際に打ちあげられたジョンの身体。祈りを捧げるように旋回するカモメたち。まるで切りとられた場面にフィルターをかけるように、時が幾重にも積み重なっていった。

「明日の埋葬は何時からなの?」

わたしはエイミーに訊ねた。

「十一時から、カルバートン国立墓地だよ。軍の墓地で、ここから車で海岸線のノース・ロードに出て四十五分くらいだね」

「大勢の参列者がいるの?」

「まあ、そうだね……」

エイミーは顔をあげて、深いため息をついた。それから、紙片をポケットから取りだすと、自分でマリファナを紙に巻いた。

「埋葬にはプリシャも来るんだ。あたしたちの娘を連れてくることになってて」

「心配なの？」

「いや、そうじゃなくて。ただ、孫娘を紹介するのに、自分の父親の死を待たなきゃいけなかったのが残念で。でも、この町の人たちも来てくれるし、パパの妹も来てくれるから。もちろん皆、娘に会ったことはないから、いい機会になると思ってるよ。そうでなくても、ママのほうの家族もいるし、昔の軍人仲間が少しと、あとは、ここぞとばかりにやって来る愛人たちも……」

わたしは唖然とした。思わず、キッチンで忙しくしているキャロルのほうに目をやりながら、声をひそめた。

「愛人がいたの？」

すると、まるで天空にあるハーレムの話でもしているみたいに、エイミーが空を見つめた。

「いや、今でもそうでしょ。詳しいことは知らないけど。でも、そのなかのひとりが昔ここにやって来てね、悲しくて、荒んじゃっているみたいな感じだった。新しい愛人がパパにできて、捨てられちゃったんだって」

「冗談でしょ？　それで、キャロルはどうしたの？」

「その愛人を慰めてた！　クラブケーキはいかがって言いながら」

「それでも、キャロルはジョンから離れなかったんでしょ？　多少はそんな気配もあったの？」

「まさか！　どうして？　だって、そんなのはまだ序の口でしょ」

エイミーが頭を揺すりながら、笑い飛ばすように言った。切なそうな笑顔だった。

わたしは十二年間待ちつづけた恋人を思いかえした。すべてをぶちまけようとして、何度相手の妻のところに向かおうと考えただろうか。と、エイミーの声が耳に届く。

「今日の午後にあっちの家に立ち寄って、空気の入れ替えをしておいたから」

エイミーは本当にわたしをよくわかっていた。遠慮して断るに決まっている。昔からいつもそうだったように、わたしが必ず遠慮するとわかっていて、さっとマリファナを巻くみたいにうまい手を見つけてくれる。わたしはエイミーに顔を向けた。その顔が笑っていた。砂浜の遠くに、わたしたち家族の家が、複雑に組まれた木組みの土台の上にそびえている。こちら側から見てみると、近所に立つどの家もこの家も、その正面の姿は似通っていた。わたしはじっと目を凝らした。目を凝らせば、あのなかにわたしたちの姿が――ドッティや、父や、わたしの姿が見えるかもしれない。そう念じた。家のなかから出てきて、こちらに合図を送ってくれるかもしれない。もしかしたら、ステラだって、わたしの黒いダッフルコートを着て立っているかもしれない。だって、今は季節が違うのだから。あのギンガムチェックの水着だって、パリに置いてきているだろう。わたしは目を細めた。

「知らなかったわ。カーテンが開いていれば、こっちから一階にあるうちのリビングが見えるのね。今まで全然気づかなかった。それって、あの頃、一九八八年の夏もそうだったの？」

「ずっとあんなふうだよ。いつも閉まっていたけどね」

「そうじゃなかったら、あの晩、何か異様な事態が起きていると気づけたかもしれないのね。ばかみたいにトランプのゲームで遊んでいないで電話をしていれば、何かできたかも……」

「あの日は嵐だったから、何も見えなかったはずだよ。それにね、過去は作り直せないよ」

何かが軋むような、聞き覚えのある音が耳に響いて、わたしもエイミーも同時に振りかえった——キャロルだった。わたしたちに加わろうと、キャスター付きのワゴンテーブルを押しながらやって来たのだ。わたしが子どもの頃、ドッティが使っていたものによく似ていた。

「あなたのお父さんが、素晴らしい言葉を書いてよこしてくれたの。お父さんとジョンのふたりは、本当にお互いのことが大好きだったと思うわ。もちろん同世代ではなかったけれど、それでも何か通じ合うものがあったんでしょうね」

「軍人に警察官、秩序を重んじるところね」

エイミーが横槍を入れた。だが、母親のキャロルはその言葉に皮肉が込められているとは気づいていない。

「そうかもしれないわね。でも、近くで見ていても好ましいものだったわよ。男同士のあの連帯感も。ねえ、ジョイ、あなたのお父さんは本当に立派な人よ」

わたしはキャロルとエイミーの前で涙をこぼすのを避けたくて、海のほうに視線を向けた。

ゆらめく波は湿った砂に似たうす紫がかった灰色に変わり、岩場をまばらに覆うコケの色は淡い陽のなかで濃く深く沈んでいった。また春に戻ってこよう。時おりなら、この色合いの季節なら、あなたたちだって気に入ってくれるだろう。

わたしは家族の家に向かった。とはいえ、今回は特別に家族抜きのひとりだけの滞在だった。それも悪くない。成長して、やっと自分の人生を踏みだしたのだから。わたしは笑顔を浮かべようと、ぎゅっと口角に力を入れた。

家に到着して車から降りると、砂利道を歩いて戸口に向かった。小型のキャリーバッグを引きながら、あの大きなステラのスーツケースを思いうかべた——行きには、宝ものをぎっしりと詰めてやって来たのに、空っぽのケースで帰っていったなんて。わたしの気持ちはずっとあの夏と今を行ったり来たりしていた。ふと視線をあげると、水平線の彼方まで海が広がっていた。波は消え、湖のように穏やかだった。砂浜のこちら側とあちら側は、同じ気候じゃないのだろうか？　太陽はすでに薄闇の向こうに隠れていた。知らないうちに日が落ちていたのだ。こんなときにわたしのそばには誰もいないなんて、いったいどうしてなのだろう？　わたしは異様なほど孤独を感じていた。「ねえ、明日の朝食用のものを買いに惣菜屋さんに寄っていかない？」——そんなふうに声をかけてくれる人もいなければ、わたしの腕を取って、寂しさを埋めてくれる人もいない。ドッティが〈オールドミス〉にならないようにと心配していたのはこういうことなの？　わたしはどうして、こんな心の冷たい、年を取った娘になってしまったんだろう？

　砂利道の先に、明かりのついたベランダが見えた。わたしはあえてあの日を想像してみた。今、自分は東海岸があの爆弾低気圧に襲われた状況下にいる。キャロルとジョンの家で〈ジン・ラミー〉をしているドッティを残して家に向かう。何故なら、家ではステラがわたしの帰りを待っているからだ。それに、わたしもステラが参加した集会の話を早く聞きたかった。キャロルがクラブケーキをいくつかホイルに包んでくれ、レインポンチョを貸してくれる。だがポンチョを着ていても、垣根のあたりに着く頃にはすでにびしょ濡れだ。わたしはそのまま家の裏側につづく、曲がりくねった細い道を歩いていく。吹きつける雨粒が目のなかに入ってくるから、コンタクトが落ちないようにうつむいたまま足を進める。門扉にたどり着くと、なかにランドローバーが停まっているのが見える。パパとステラはもう帰ってきている――わたしは歩くスピードをあげる。ステラに会えると思うと嬉しくてたまらない。扉を開けた瞬間、戸口にステラがいる。わたしと同じくらいびしょ濡れだ。わたしの父が寝室から出てくる。頭の上にタオルを乗せ、もう一枚のタオルを手に持っている。

「ああ、そんなところにいたのかい？　おかえり、ジョイ！」

　父がわたしに声をかけるとすぐに、もう一度寝室のほうへ戻っていき、三枚目のタオルを手に戻ってくる。身体を拭きおわったわたしたちは、それぞれのタオルを戸口から部屋のほうに向かって放りなげる。それから、体を温めるためにストーブに火をつけると、持ち帰ったクラブケーキを取りだし、あっという間に平らげてから、鋳物製のストーブの前に移動して身体を乾かす。ステラとわたしのふたりは二階にあがって、お風呂に〈オバオ〉の入浴剤を垂らして泡風呂の準備をしたあと、その海の香り付きのブルーのお湯のなかに向かい合って一緒に入る。わたしの顔のすぐ両脇には、浴槽の縁に乗っけたステラの両の足がある。と、ステラが口を開く。集会で目にしたデュカキス候補が、いかに聴衆の心を掴んでいったかを語りはじめる。そして、今とは別の時の流れのなかで、ある日、ある晩、ある夜、わたしたちは「ヒーローズ」の歌を口ずさんでいるだろう。

ふと我に返って、わたしはバッグから鍵の束を取りだした。扉の前に立ち、慣れない手つきで鍵穴に差しこもうとしたけれど、うまくいかずに鍵同士がガチャガチャと音を立てる。何とか二度目で鍵が開くと、その扉を押しあけた。一瞬のうちに、吐息のように暖かな空気に包まれた。エイミーがわたしを思って、薪ストーブに火をつけておいてくれたのだ。だが、わたしは突然吐き気に襲われ、一階の浴室に駆けこんだ。その場所は、かつては父親の部屋だったが、今はドッティの部屋になっていた。二階まであがれなくなったドッティのために父親の部屋と交換していた。

リビングに戻ったものの、身体が震えた。壁には、魚の頭部の剥製が一面に打ちつけられている。その目玉から視線をそらすと、わたしは二階の自分の部屋に向かった。その場所は昔からずっとわたしの部屋だった。一九八八年の八月も、しばらくステラと一緒にその部屋を使っていた。そして今では――〈嘘で塗りたくられた部屋〉になった。わたしは部屋の前の廊下で後退りした――もしかしたら、ステラの視点でしかこの家のなかを見られないのではないだろうか？　下のリビングにいるときは、びしょ濡れの裸の少女の姿から逃れられず、二階にあがってくると、今度は窓の正面に、あの激しい嵐に取り憑かれたようなステラの亡霊を目にするのではないだろうか？

わたしは部屋の扉の前で迷った。だが、自分に言い聞かせた。いずれにせよ、選択肢なんてないのだ。リビングのソファーや、ドッティのベッド、さらに可能性は低いけれど父親のベッドで目を閉じて眠るなんてできないだろう。わたしはノブに手をかけると、軋むような音を立てるドアの幻聴を払いのけて手を回した。

部屋の照明のスイッチを入れた瞬間、ナイトテーブルの柔らかな光が灯った。明かりに照らされた部屋の様子にわたしは目をみはった。想像していたのとはまったく違った。ベッドはすぐに寝られるように整えられていた。ふっくらとした枕に、羽毛布団まで用意されている。さらにナイトテーブルの上には、明るい黄色の花束が飾ってある。小さな花を枝いっぱいにつけたレンギョウだった。そのそばには、ボタニカル柄のラッピングペーパーに包まれた四角いものが見えた。本だろうか——包みを外したとたん、胸がいっぱいになった。レベッカ・ソルニットだ。『迷うことについて』……。

わたしはシーツのなかに滑りこむと、エイミーに電話をしてお礼を伝えた。

「お礼を言わなきゃいけないのは、あたしのほうだよ。遠くから、あたしたちのために来てくれて。じゃあね、おやすみ」

エイミーとの電話を終えると、もらった本のページをパラパラとめくった——《失われているときだけ手にできるものもあれば、離れているというだけでは失われないものもある》……わたしは自分を慰めてくれるエイミーの頼もしい胸を、グリーンポートに到着してすぐに、そのアメリカ人の友人の胸に顔を埋めたことを思い出した。それから、子どもの頃の友として、夏休みの友としてつづく自分たちの関係を思った。とはいえ、エイミーをそれほどよく知らないまま付き合ってきた。一年の間に驚くほど変化する年頃だったのもあるし、顔を合わせるといっても毎年夏に何日かだけだった。それでもわたしたちにとって、人生がどんなふうに変わっていくのかを問いかけるのに必要な時間だった。学校での日々、高校時代《リセ》、それから仕事や、エイミーの奥さんや娘の話——そうした変化を互いに語った。失くしたものを取り戻せるはずだと信じるために必要な時間であり、来年の再会に向けて離れるのだと、互いに心づもりをするために必要な時間でもあった。その間には、近況を知らせなかった年もあったけれど、そんな延長記号《フェルマータ》が時おり年譜に入っても、わたしたちの結束は十分に強まっていった。何よりわたしの記憶のなかには、忘れられない瞬間がいくつもあった――あれはわたしが六歳、エイミーが九歳だった頃の話だ。わたしたちの自転車の後輪のスポークにエイミーが段ボールのかけらを挟みこむと、まるで原動機付自転車に生まれかわったみたいなスピードで自転車が疾走した。わたしたちのピアスの穴は、最初のときも、もう一度やり直したときも、エイミー自身が開けてくれたものだ。それに二の腕の稲妻のタトゥーだってそうだ。一九九〇年代には、何度かニューヨークの街を一緒に散策した。それから、エイミーが父親と仲違いし、ブルックリンでプリシャとの内輪だけの結婚式を挙げて、その何年かあとにはプリシャが別の男性と出会ってふたりは別れ、わたしの父親が心筋梗塞で倒れ、そして、明日はエイミーの父親の埋葬だった。わたしたちの友情や愛情は、わざわざ誓いを立てなくても、夏を積み重ねるごとに時間をかけて育っていった。そんなふうにして、今では一番貴重なものを手にするまでになったのだろう。わたしには誰もいないと思っていたけれど、エイミーが、この外国人の親しい友がグリーンポートにいた。いや、ここにいるときだけじゃない。パリで暮らしているときだって、距離とは関係なく、わたしはエイミーに全幅の信頼を寄せてきた。わたしたちの人生は、ひとつに混じり合うことなく、それぞれにつづいてきたものだ。だからこそ、抗えないほどの情熱とまではいかないにしろ、また絶対的なものとまでは呼べないにしろ、長い時間をかけて、自分たちに適した関係を探りあててきたのだろう。エイミーへの感謝の思いが波となって、ひたひたと心に染みいっていく。すべてが失われたわけではなかったのだ。

わたしは枕カバーの清々しい香りを吸いこんだ瞬間、キマったと感じた——もちろん、クスリがそんなものじゃないのはわかっている。でも、わたしにとって人生の刺激はこれくらいで十分だった。ぼんやりと鈍った頭のなかで、まるで数字の8をなぞりつづけるように、本の言葉がぐるぐると回っている——手にできるもの……失われないもの……。
ゆっくりと、寄せては返す波の音に呼吸が重なっていく。吸いこまれるような眠気に身を任せたのは数日ぶりだった。

埋葬が行われるカルバートン国立墓地は退役軍人専用の墓地だった。手入れが行き届いた芝生の上には、二十万以上の白いプレート状の墓石が、碁盤の目のように並んでいる。エイミーの父親のジョンが埋葬される場所には、大きなトネリコの木が影を作っていた。そのせいか、ほかの場所よりも個人の墓といった趣があり、ほんの少しだけ温かな雰囲気が感じられた。この国立墓地には軍人しか眠っていないのだと思うと、夥しい数の死者に恐怖を覚えるより、壮大な戦場の様子が目に浮かんだ。その白い大理石のプレートには、十字架と退役軍人であったジョンの名前、登録簿のような生年月日や死亡年月日といった情報のほかに、墓名碑として次のような言葉が刻まれていた——《アメリカ陸軍——ベトナム戦争に従軍——愛情深い夫であり、父であった》。わたしはその言葉を胸に刻んだ。

エイミーとプリシャの娘のジャヤが、少し離れたところにいた。わたしはジャヤがこちらに近づいてくる様子を目で追った。ジャヤにはもう何年も会っていなかったけれど、今では立派な体格をした美しい十三歳の少女になっていた。ふいに、迷子になっていた思い出が自分のもとに戻ってくると、目の前のお葬式が遠のいていった——その瞬間、別のお葬式が瞼に浮かんだ。母親のミレーナのものだった。どうしてそんな記憶がよみがえったのだろう。確かにジャヤの母親もインド人だ。その母親のプリシャと同じ肌の色と、ひとつに結った三つ編みの髪を片側に垂らした姿が、わたしの記憶によみがえった女性に似ているからだろうか？　それともジャヤが、母を亡くしたときの自分と同じ年齢だからなのか？　すると、まるで昨日の出来事のように、母親の葬式に列席するためにインドから来てくれた女性の姿が目に浮かんだ。誰も、その女性を知らなかった。紫色のチュニックを着たその女性はとても美しく、とても悲しそうだった。漆黒の髪には、いくらか白く光るものが筋になって走っていた。女性は父親にわたしと一緒に死を悼んでもいいかと許可を取ると、母親のミレーナがいつもわたしの話をしていたと教えてくれた——ミレーナはわたしを自分の暮らしているところに呼び寄せようと計画していたらしい。そして、ある朝、亡くなっている母親を見つけたのもその女性だった。ふたりはインドのポンディシェリの近郊の〈オーロヴィル〔理想郷と呼ばれる世界最大級のエコヴィレッジ〕〉で一緒に暮らしていたという。モンパルナス墓地での埋葬を終えると、父親がその女性をわたしたちの自宅に招待した。わたしはふたりが長い間、英語で話しているのを聞いていた。母親の友人の女性は、〈r〉

の音を巻き舌で発音し、調べに乗せて歌うように英語を話した。その女性の優しい顔立ちから、わたしは目が離せなかった。だが、女性の瞳には、父親を睨みかえすような鋭い眼差しが浮かんでいた。母のミレーナと生活をともにしていた女性は、母が悲劇的な最期を迎えたことへの答えを父に探そうとしていたのだろうか？　父はわたしの部屋をその女性に使ってもらっていいか確認を取ると、祖母のドッティのアパルトマンに泊まりにいくように言った。それでも、わたしはふたりを残していくべきではなかったのだ。その晩、ドッティの家で夜中に目を覚ました。扉が大きな音を立てて閉まると、押し殺したような叫び声がした。おそらく泣き声も混じっていたはずだ。それからすぐに、裏階段を駆けおりていく音が廊下に響きわたった。すぐにドッティがわたしに声をかけた。

「悪い夢を見たのよ。ほら、また寝なさい」

翌朝、自分のアパルトマンに戻ってみると、女性はいなかった。父にあの女性がどこに行ったのか、また戻ってくるのかと訊ねたかどうかは覚えていない。わたしはあの女性が何という名前だったのかも知らないし、誰もその女性がやって来た話に触れなかった。

わたしは参列者の様子を観察した。平均寿命の統計が示す通り、その場にいる人々の大半は女性だった――八十歳で亡くなったジョンは、仲間うちで幾人か残っている男性のひとりだったろう。わたしは愛人を探そうと思ったけれど、どの女性がジョンの妹なのか、あるいは義理の妹なのか、それとも近所の人々なのか見分けがつかなかった。次第に、退役将校の厳粛な弔辞に耳を傾けているのに我慢できなくなると、再び周囲に目を向けた。広々とした墓地に参列者がたち並ぶ景色が、断面図となってわたしの目に映る。十字架のように真っすぐ地面に立つ女性たちと、その足元の地面の下に横たわる何千もの男性の遺体。

正義が届けられた。

ここまで堪えてきた涙がエイミーの頬を伝っていく。わたしはエイミーの腕に手を回すと、父親のジョンのお墓から目をそらした。これから先は、父親のいない人生を生きていかねばならない。父親の眼差しも、父親の照らす灯火もない世界で、光をなくした星を心に抱えたまま生きていかねばなるまい。だが自由の灯火はある。どれほどの自由があることか。空から、はらはらと緑の葉が舞い下りてくる。まるで世界が悲しみにうち震えているかのように、あるいは大地そのものが揺れているかのように、トネリコの木が葉を降らせた。

楽曲の引用：登場順

P.9：デヴィッド・ボウイ（1971）「Changes」作詞・作曲 デヴィッド・ボウイ
『Hunky Dory』 RCA

P.10：デヴィッド・ボウイ（1973）「The Prettiest Star」作詞・作曲 デヴィッド・ボウイ
『アラジン・セイン』 RCA

P.35：ビー・フィフティートゥーズ（1979）「Planet Claire」作詞・作曲 ヘンリー・マンシーニ、フレッド・シュナイダー、キース・ストリックランド、ケイト・ピアソン、シンディ・ウィルソン、リッキー・ウィルソン『The B-52's』 アイランド・レコード

P.53：デヴィッド・ボウイ（1973）「Did You Ever Have A Dream」作詞・作曲デヴィッド・ボウイ
『Images 1966-1967』 ドリーム・レコード

P.66：デヴィッド・ボウイ（1972）「Five Years」作詞・作曲 デヴィッド・ボウイ
『ジギー・スターダスト』 RCA
デヴィッド・ボウイ（1980）「Ashes to Ashes」作詞・作曲 デヴィッド・ボウイ
『Scary Monsters』 RCA
デヴィッド・ボウイ（1970）「Let Me Sleep Beside You」作詞・作曲 デヴィッド・ボウイ
『The World of David Bowie』 デッカ・レコード

P.76：デヴィッド・ボウイ（1977）作詞・作曲 デヴィッド・ボウイ

『Low』　ＲＣＡ
デヴィッド・ボウイ（１９７１）「世界を売った男」作詞・作曲　デヴィッド・ボウイ
『世界を売った男』　フィリップス・レコード

P.77：デヴィッド・ボウイ（１９６９）「Space Oddity」作詞・作曲　デヴィッド・ボウイ
『Space Oddity』　マーキュリー・レコード　フィリップス・レコード

P.88：デヴィッド・ボウイ（１９７３）「Time」作詞・作曲　デヴィッド・ボウイ
『アラジン・セイン』　ＲＣＡ

P.102：ルー・リード（１９７２）「ワイルド・サイドを歩け」作詞・作曲　ルー・リード
『トランフォーマー』　ＲＣＡ

P.135：デヴィッド・ボウイ（１９７３）カバーアルバム『ピンナップス』　ＲＣＡ

P.147：ブルース・スプリングスティーン（１９８４）「I'm on fire」作詞・作曲　ブルース・スプリングスティーン『Born in the U.S.A.』コロンビア・レコード

P.202：デヴィッド・ボウイ（２００２）「5:15 The Angels Have Gone」作詞・作曲　デヴィッド・ボウイ
『ヒーザン』　コロンビア・レコード

P.211：デヴィッド・ボウイ（１９７７）「チャイナ・ガール」作詞・作曲　デヴィッド・ボウイ、イギー・ポップ『The Idiot』ＥＭＩ

P.225：セルジュ・ゲンズブール、シャルロット・ゲンズブール（1984）「レモン・インセスト」作詞・作曲 セルジュ・ゲンズブール、フレデリック・ショパン『ラヴ・オン・ザ・ビート』フィリップス・レコード

P.245：デヴィッド・ボウイ（1977）「ヒーローズ」作詞 デヴィッド・ボウイ 作曲 デヴィッド・ボウイ、ブライアン・イーノ『ヒーローズ』RCA

心より感謝の意を込めて

フランソワ・T、アデル、
ブノワ、フィロメーヌ、
サラ、マリーヌ、エリーズ、
マリタンとその家族、
クレモンティーヌ、シャルロット、マリー＝ソフィー、
フランソワ・L、ルー、ティム、
ヴェロニクとジャンヌに
もちろんジュリーにも

訳者あとがき

本書の著者エレオノール・プリアの名前を、Netflixのオリジナル映画『軽い男じゃないのよ（原題：Je ne suis pas un homme facile）』（二〇一八年）の脚本家、監督、俳優（主人公の男性の心理カウンセラー）として記憶にとどめている方もいらっしゃるだろう。プリアはパリで演劇を学んだのち、一九九八年に俳優仲間とともに劇団を創設し、脚本家、俳優としてそのキャリアをスタートした。二〇一〇年、脚本家兼監督として男女の役割が逆転した世界を描いた短編映画『Majorité opprimée（虐げられたマジョリティ）』を製作。この作品はフランス国内でこそ大きな話題にならなかったものの、四年後に英語字幕をつけてYouTubeで発表されるやいなや大反響を呼び、冒頭の映画製作へとつながった。そして二〇一九年に小説『Histoire d'Adrián Silencio（アドリアン・シレンツィオの物語）』を出版。二作目の本書『さよなら、ステラ（原題：Poupées）』（二〇二三年）が初の邦訳作品となる。

物語はふたつの時代を行き来しながら進行する。一九八〇年代後半、高校《リセ》で出会ったふたりの少女――ジョイとステラは互いに強く惹かれあい、瞬く間に無二の親友となる。家族よりも、未来よりも、今このふたりでいる時間こそすべて——そんな思春期特有ともいうべき濃密な時間をふたりはともにする。だが、そうした二年あまりの月日が流れたのち、はっきりとした理由がわからないまま、すべてが粉々に砕け散る。ジョイはステラの身に起きたことを知らない。一方、ステラは自分の友人を心配させまいとジョイの前から姿を消す。それから三十年あまり、ルポルタージュ専門のジャーナリストとなったジョイは、その謎を理解しようと時間を遡る。そして何が起きたのかを理解する。リセ時代と三十二年後の現在、ジョイとステラの物語がそれぞれの視点で交互に語られていくが、単なる謎解きに終わらず、登場人物の無意識が次から次へと表面化されていくリアルな描写に引き込まれていく。

著者のプリアが本作で描きたかったと語るのは、子ども時代から抜けだす最後のとき——人生の移行期についてだ。子どもとはいえないものの、まだ自分の欲求がはっきりとわからず、故に周囲からは謎めいた存在と見做されながらも、それなりの苦しみを抱えている少女たち。こうした年頃の少女たちを描くにあたって、プリアは自身の友人関係の思い出を探ったという。自分の家族の枠組みから抜けだし、他人の視線を通してさまざまなものを意識していく年頃であると同時に、周囲とぶつかりながらも、自分への視線、とりわけ大人たちの視線に影響を受ける年頃でもある。ジョイとステラはどちらかといえば男の子や大人の男の目を惹きつける少女たちだ。物語では、そうした男性や父親の姿が重要な役割を持つ。

一目惚れのように友人同士になるジョイとステラだが、ふたりはともにユーラシアンと呼ばれる、白人とアジア系のルーツを持つ少女で、外見もよく似ている。デヴィッド・ボウイを崇拝しているところも同じだ。作品を通してデヴィッド・ボウイの曲の歌詞がちりばめられ、口ずさまれ、音が弾ける。少女たちの姿が時にそのアルバムのジャケットと重なりあう。音楽と情景がひとつになる瞬間は美しく、切なく、心を揺さぶる。ファンならずとも耳の奥で音が鳴り、思わず（あらためて）その曲を聴きたくなるだろう。

なお、デヴィッド・ボウイの歌詞の翻訳にあたっては、登場人物がレコードやテープを耳にし、口ずさむ音の響きに重きを置いた片仮名を振っている。そのため通常の英語の片仮名とは多少異なっていることをご了承いただきたい。

本作を読了なさった人ならおわかりの通り、『さよなら、ステラ』にはいくつもの世界が重層的に描かれている。「ジョイの物語」と「ステラの物語」が三十二年の時を経て目の前に現れる仕掛けに引き込まれ、登場人物の心の動きを丁寧に追う繊細な心理描写と、刻々と変わる海や空などの色彩表現が、大胆なフレームワークのなかでひとつになる。著者がエピグラフとして引用した文についても物語の流れとともに心に染みいっていくことだろう。エピグラフのなかで〈カティの言葉〉として引用されているのは一九七五年出版の『Les femmes s'entêtent（女たちは我慢しない）』であり、その序文を書いているのはシモーヌ・ド・ボーヴォワールだ。〈Les femmes s'entêtent《レファムソンテテット》〉と〈Les femmes cent têtes《レファムソンテテット》（女たちの百の顔）〉をかけて、本のなかには有名、無名、匿名の女性たちの文章が集められている。編者のカティ・ベルナイムはフランスにおける女性解放運動（ＭＬＦ）の初期メンバーのひとり。一九七〇年八月、ＭＬＦの九人のメンバーが「無名戦士の妻に捧げる」と書かれた横断幕とともに、パリの凱旋門にある無名戦士の墓に花輪を捧げた行為がメディアで大きく報じられ、フランスでの女性開放運動の発端となったといわれている。もう一方のアメリカを代表する小説家のひとり――ジョイス・キャロル・オーツの小説からの引用文とともに、こうした背景が『さよなら、ステラ』の作品とどのような結びつきを見せてくれているのかを振りかえってみるのも興味深いだろう。

著者のエレオノール・プリアは、現在ニューヨーク在住で、小説を書きだしたのもアメリカに移り住んでからだという。一作目の小説では、フランスとスペインを舞台に現在から過去に遡り、埋もれた家族の秘密をテーマにした物語を紡いでいる。本作『さよなら、ステラ』でもふたつの場所とふたつの時代の枠組みはそのまま生かされ、フランスとロングアイランド（アメリカ）を中心に物語が展開する。こうした構成には、母国を離れ、異国に暮らす経験を物語に織り込みたいという著者の考えがあるようだ。そうして行き着いたのが、夏の陽射しに輝くロングアイランドの町、グリーンポート。海沿いの景色が嵐で一変するシーンは、物語の核心部分であると同時に話が大きく動く転換の場面だ。脚本家としての経験が生かされているのはもちろんのこと、サスペンス映画のように読者をとらえて離さないような物語を作ろうというプリアの意気込みも感じられるシーンといえよう。

「物語には最初のきっかけとなる場面がある」とは著者エレオノール・プリアの言葉だ。本作では、荒れ狂う海を目の前にした閉塞感がすべての始まりとなったと語っている。そのプリアが、次回作では、どのような情景から紡ぎだされた物語を届けてくれるだろうか。

最後に、この作品を翻訳する機会をご紹介くださった翻訳家の高野優先生に感謝を捧げたい。また、本書を日本で刊行するにあたってお世話になったすべての方々にも感謝の言葉を申し上げたい。「ぐいぐいと引き込まれるような作品と言われたら嬉しく思う」と語る著者の言葉のように、皆さまが物語の世界を楽しんでくだされば訳者として何よりの喜びである。

二〇二三年一月

著者略歴

エレオノール・プリア（Éléonore Pourriat）

脚本家、俳優、映画監督、小説家。

脚本兼監督作品に、短編映画『Majorité opprimée（虐げられたマジョリティ）』（2010年）、Netflixオリジナル長編映画『軽い男じゃないのよ』（2018年）などがある。

2019年に出版された『Histoire d'Adrián Silencio（アドリアン・シレンツィオの物語）』につづき、本書が二冊目の小説となる。

訳者略歴

小野　和香子（おの　わかこ）

フランス語翻訳家。聖心女子大学英文学科卒業。

パリで学んだグラビュール（金属彫刻）を通して、モチーフやシンボルについて書かれたフランス語書籍に興味を持ち、翻訳に関わるようになる。

ミステリー、文芸書の翻訳者として活動中。

編集　　戸田　賀奈子

さよなら、ステラ

2023年2月7日　第1刷　発行

著　者　　エレオノール・プリア
訳　者　　小野和香子《おのわかこ》
翻訳コーディネート　　高野優《たかのゆう》

発行者　　林 雪梅
発行所　　株式会社アストラハウス
〒107-0061
東京都港区北青山3-6-7
青山パラシオタワー11F
電話 03-5464-8738（代表）
https://astrahouse.co.jp

印刷　　株式会社 光邦

ISBN978-4-908184-40-6 C0097